Pocket Ace!

Sag Aoyama
illustration†Twinkle

ぽけっと・えーす!

蒼山サグ
illustration§ ていんくる

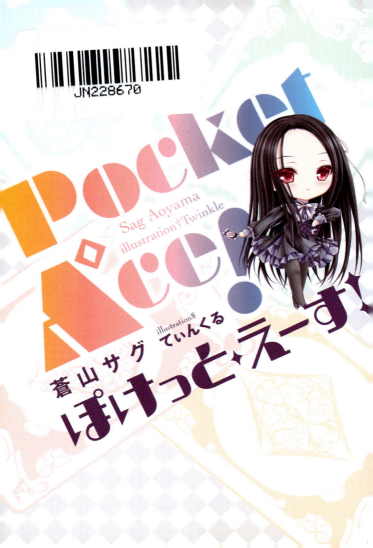

Sag Aoyama
illustration†Twinkle
design†Toru Suzuki

Pocket Ace!

Contents

Pocket ぽけっと・えーす! Ace!

Sag Aoyama illustration† Twinkle

♠♥♦♣

蒼山サグ illustration§ ていんくる

Pocket Ace!

プロローグ

森本和羅

【もりもと　かずら】

・生年月日：5/15
・血液型：A
・身長：177cm
・クラス：5年5組
・好きな手役：ストレート

俺《おれ》はなぜか、笹倉巴《ささくらともえ》の横顔ばかりを見つめていた。

尖《とが》った八重歯《やえば》をむき出しにして嗤《わら》うマーヤ＝オーケルマンでもなく、顔面蒼白《そうはく》でうつむく木之下留子《きのしたるこ》でもなく、無性《むしょう》に巴《ともえ》のことが気になった。たった今正念場を迎《むか》えているのは、明らかにマーヤと留子《るこ》の方であるのに。

凛《りん》として、巴《ともえ》は順番を待っている。一度だけちらりと覗《のぞ》き込《こ》んだ二枚のカードをテーブルの上に伏《ふ》せたまま、まっすぐマーヤの顔を見つめている。

十歳《さい》の少女であることを忘れてしまいそうになるほど、巴《ともえ》の瞳《ひとみ》には覚悟《かくご》が宿っていた。

「………オールイン」

消え入るような声と共に、留子《るこ》がチップの固まりを前に差し出した。

完全に負けを確信している。

それでも、もはや後には退《ひ》けない状況《じょうきょう》なのだ。ひとつ前の衝突《しょうとつ》で留子《るこ》は大敗し、雀《すずめ》の涙《なみだ》ほどしかチップを持っていない。そして今回、既《すで》にマーヤともう一度真っ向勝負することを選択《せんたく》した以上、全てのチップを賭《と》すことでしか生き残りの可能性はゼロだ。どのみち死ぬなら前に踏《ふ》み出《だ》すしかなかった。

ポーカーというゲームに宿る悪魔《あくま》が気まぐれに起こす偶然《ぐうぜん》の奇跡《きせき》に身を委ねることが、唯一《ゆいいつ》の生存ルートとなる。

たとえそれが、紙よりも薄《うす》い氷の上を歩くような道だとしても。

フロップで開かれた三枚のカードは——なるほど、嫌《いや》な感じだ。相手がマーヤであることを加味すれば特に。

先ほど負けたばかりなのに果敢《かかん》に勝負に出たということは、留子《るこ》の手はいいはず。しかし、それをあっさり台無しにしかねない三枚だ。なぜならマーヤはどんな局面でも勝負に参加してくる。這い寄る十徳ナイフ《リンプ・ビズキット》の異名は伊達《だて》じゃない。

俺《おれ》は全員の持ち札《ハンド》を覗《のぞ》いてみたい衝動《しょうどう》に駆《か》られた。事実、可能ではあるのだ。ここにはカメラで誰《だれ》が何のカードを持っているのか閲覧《えつらん》するための設備が整っている。

しかし、命運の懸《か》かった真剣《しんけん》勝負に敬意を表し今日は使っていない。不完全情報ゲームを不完全情報ゲームのまま観戦している。

やはり止《や》めておこう。別に自ら情報《テル》を顔に出してしまう心配をしているわけではない。ポーカープレーヤーとしての自分を、そこまでは過小評価しない。

ただ、見守りたい気持ちが勝《まさ》った。この一戦を、ノーリミット・テキサスホールデムという俺《おれ》が愛して止《や》まないゲームそのままの姿で。

「アンタの番だよん、トモエ」

指先で三枚のチップを弄《もてあそ》びながら、マーヤは片肘《かたひじ》を突《つ》いた。もはや留子《るこ》との勝負付けは済んだと言わんばかりの態度。実際かなりの確率でその通りなのだろうが。

「…………」

静かに深呼吸を続ける巴《ともえ》。長い沈黙《ちんもく》が続いた。恐《おそ》れも希望も、巴《ともえ》の面持《おもも》ちには現れない。ただひたすらまっすぐ、巴《ともえ》はマーヤを見つめ続けていた。

マーヤも同じだった。意味を読み取るには透明《とうめい》すぎる薄《うす》ら笑《わら》いをずっと浮《う》かべたまま、巴《ともえ》の視線を正面から受け止めている。

「…………っ」

おおよそ二分。おそらく本人たちの体感では優に十分以上に感じたであろう睨《にら》み合《あ》いの末、巴《ともえ》の右手が、すうっと水平に動いた。

ついに。運命の歯車——その最後の一枚が回り出す。

Pocket Ace!

HAND 1

二階堂朱梨
【にかいどう　しゅり】

◆生年月日：4/20
◆血液型：O
◆身長：156cm
◆クラス：5年1組
◆好きな科目：算数
◆好きな手役：勝てればなんでも
◆特技：弓道

♠CEOルーム

「森本和羅《もりもとかずら》君。我々が置かれている現状を再確認《さいかくにん》しよう」

リクライニングチェアに腰掛《こしか》けたまま腕組《うでぐ》みをする絶対権力者の前で、俺《おれ》は直立の姿勢を崩《くず》さぬまま素早《すばや》く頷《うなず》いた。

遊具機器メーカーとして国内で圧倒的《あっとうてき》シェアを誇《ほこ》る『デュース・カンパニー』の最高経営責任者《CEO》、二階堂静《にかいどうしずか》の話は基本的に長い。省いても差《さ》し支《つか》えのなさそうな前置きを、ことあるごとに挟《はさ》まないと気が済まないからだ。

「歯車が狂《くる》いだした決定的瞬間《しゅんかん》は？」

「石松鉄鋼《いしまつてっこう》バカラ横領事件です」

俺《おれ》は即答《そくとう》した。何度答えたかも覚えていないほど繰《く》り返《かえ》された質問である。なんだったら『歯車――』と切り出された時点で早押《はやお》し回答だってできた。

命が惜《お》しいので絶対にやらないが。

「そう。あの時だ、日本人のギャンブル知能指数がとてつもなく低いと、諸外国にバレたのは」

再び頷《うなず》く俺《おれ》。たしかに巨大企業《きょだいきぎょう》の経営者一族が会社の金をバカラという丁半博打《ちょうはんばくち》で溶《と》かし、しかもそれを損失に計上しようとしたあの事件は、多くの国でさぞセンセーショナルに映ったことだろう。

日本には、ほんまもんのアホがいる。それも大企業《だいきぎょう》のトップに。そう宣言したに等しいのだから。

ただし、それはあくまで小さな波紋《はもん》に過ぎない。

本物の大津波《おおつなみ》は、少し遅《おく》れてやって来た。

「そんな折に政府は迂闊《うかつ》にも始めてしまった。IR事業計画の認可《にんか》、推進を」

IR＝INTEGRATED RESORT。かいつまんで言ってしまえばカジノ統合型のリゾート施設《しせつ》のことだ。

誘致合戦《ゆうちがっせん》の結果、本邦《ほんぽう》第一号のカジノは大阪《おおさか》の夢洲《ゆめしま》に造られた。もう十年以上前の話になる。

デュース・カンパニーも誘致《ゆうち》を目指し、そして敗れた。壮絶《そうぜつ》な争いの末、カジノ利権を手にしたのは、中国資本の巨大《きょだい》コングロマリットだった。その頃俺《ころおれ》はまだ学生だったから、ほとんど関心のないできごとだったが。

「そして大阪《おおさか》の『敗戦』以来、日本の金は外へ流れ続けている。じわじわと、しかし、とめどなく。穴の開いた風呂桶《ふろおけ》に注がれた水のようにな」

だから、それがどれほど致命的《ちめいてき》な事態なのか、理解したのはだいぶ後になってからだ。

「まず当然に、カジノの売り上げが中国に流れる。それに関しては誘致合戦《ゆうちがっせん》に敗北した時点でわかりきっていたことだったが、事の重大性は我々の覚悟《かくご》を大きく上回っていた。喜んで金をドブに捨てたがる日本人があまりにも多すぎたのだ。いや、全人口比では大した割合ではないのだが……こともあろうに富裕層《ふゆうそう》がアホばかりだった！　目を背《そむ》けたくなるほどに！」

心底忌々《いまいま》しげに、二階堂静《にかいどうしずか》は拳《こぶし》で机を叩《たた》いた。分厚いマホガニーがずしんと音を響《ひび》かせて揺《ゆ》れる。

実際問題、平均して日本人を見ると、むしろリスクを過度に回避《かいひ》しすぎる方が問題であるという統計データが出ている。国民性として語るなら、質素倹約《しっそけんやく》が得意な人種なのだ。

しかし金持ちの二代目三代目がアホの見本市みたいになってしまっていた。いつからこうなのか、俺《おれ》は知らない。

どうあれ事実として今の日本では、富裕層《ふゆうそう》の青年世代に石を投げれば、金銭感覚という概念《がいねん》を持たないアホに当たる。

選民思想の強い富裕層《ふゆうそう》である二階堂静《にかいどうしずか》は、この体《てい》たらくが心底我慢《がまん》ならないのだろう。毛量豊かな総白髪《そうしらが》が、今にも天を突《つ》きそうに見えてしかたがなかった。

「さらに宮崎《みやざき》も外資にかっ攫《さら》われた。次の候補地である苫小牧《とまこまい》、そして真打《しんうち》たるお台場《だいば》まで外国勢に押《お》さえられたら日本の財力は骨の髄《ずい》までしゃぶり尽《つ》くされるだろう。官民一体となっての対策が必要になったことを、もはや議論の種にする時期ですらない」

もう一度俺《おれ》は頷《うなず》く。即効性《そっこうせい》のありそうな対策というと、まず自国民のカジノ入場制限措置《そち》というものが考えられるが、それは過去に隣国で成果が出なかった。しかも締め出すべきターゲットが政界に強い影響力《えいきょうりょく》を持つ富裕層《ふゆうそう》だから、我が国《わくに》では試《ため》してみることすら難しい。入場料をさらに値上げするというのも、同じ理由により逆効果になる公算が高い。

「何をすべきか。まず、正攻法《せいこうほう》となる第一の矢は我々が誘致合戦《ゆうちがっせん》に競《せ》り勝《か》ち、アホのドブ金が国内だけで回るように導くことだ。外に漏《も》らしてはいかん。これは私の仕事だから、ここの社員ですらない君には今のところ関係のない話だがな」

その手の関係のないことまでいちいち口に出すから、貴方《あなた》の話は長いのだ──という率直《そっちょく》な感想を、俺《おれ》は何食わぬ顔で呑《の》み込《こ》んだ。これもトレーニングの一環《いっかん》だと思うことにする。

なお余談だが、外国企業《きぎょう》に金を持っていかれるのが問題なら国の方針として外資をシャットアウトしてしまえば良《い》いのではと、俺《おれ》も知識がなかった頃《ころ》は思った。だがそれは条約その他大人の事情で難しいらしい。

それに、国内の資金が流出しているとはいえ、税収という形で政府にはしっかり金が入ってくる。

どれだけ民間がエナジードレインされようが、政府《ウチ》に入ってくるんなら別に外資でもよくね？　みたいなことを思っている輩《やから》たちが政権を握《にぎ》っていたら、とても恐《おそ》ろしいことになる。

仮定の話、あくまで仮定の話だが。

「そして第二の矢が国民に対する幼少期からの教育だ。文科省や私立系のエスカレーター校と組み徹底的《てっていてき》な数学──特に確率論を重視したカリキュラムを推進。さらにルーレットやバカラなどのゲームがどんな仕組みなのか理解させるため、子どもの玩具《おもちゃ》にそれらを取り入れる。当初は抵抗《ていこう》勢力が大きかったが、アニメやゲーム、アイドルタレントを表に出した草の根のPR活動がようやく実を結んだ。今や学生たちは手軽にカジノゲームを日常の遊戯《ゆうぎ》に取り入れるようになり、そのうちの何割かがちゃんと気づいた。こんなの長期的にやったら絶対勝てるはずのない無理ゲーだと」

二階堂静《にかいどうしずか》からこの話を初めて聞いた人間は、いくらか矛盾《むじゅん》を感じることだろう。デュース・カンパニーはカジノの胴元側《どうもとがわ》になろうとしている会社だ。それなのに公的機関と手を組んでまで客の財布《さいふ》の紐《ひも》を締《し》めようとするのはなぜなのだ、と。

答えは簡単。『それでもアホはやってくる』からだ。他国のカジノ事情を鑑《かんが》みれば実証を待つまでもなく明らかなことだった。

情報化がおおよそ行き着くところまで行き着いた現在、社会の構図は数学的思考のできる輩《やから》が鮫《シャーク》で、できない輩《やから》が餌の魚《フィッシュ》だ。それは何もカジノに限った話ではなく、ほぼ全ての業種に当てはまる。

すなわち二階堂静《にかいどうしずか》は金の流れを日本国にとって適正なものにしたいのだ。

国内企業《きぎょう》としてIRの拠点《きょてん》を制することで、アホがカジノに落とす金が外国へ流れるのを阻止《そし》する。

富裕層《ふゆうそう》の子どもが多く通う私立一貫校《いっかんこう》を中心に若者のギャンブルIQを高めておくことで、未来のドブ金シューターの内訳から日本人の富裕層《ふゆうそう》を可能な限り除外する。

それが自分の使命だと考えている。

民間から多額の金を巻き上げているところにさえ目を瞑《つぶ》れば、誠実な愛国者と呼ぶべき存在なのかもしれない。善か悪かで分けると……ノーコメントだが。

さておき、二階堂静《にかいどうしずか》の構想はここまで一進一退ながらも着実に動き出していた。何度目《と》とも知れぬ教育改革がやっとのことで功を奏し、日本人のいわゆるエリート組が数学力を取り戻《もど》しつつある。

代わりに副作用も発生してしまったのだが。

副作用。それは、日本に遅《おく》れてやってきた空前のポーカーブームだ。

「第三の矢が必要になったのはまったくの誤算だった。まあ、正しい判断ではあるのだがな。カジノで長期的に勝てる可能性のあるゲームはポーカーしかない。それは確かなのだ」

あとはブラックジャックもですよね、と危《あや》うく言いかけてツバを呑《の》み込《こ》んだ。俺自身《おれじしん》がこれ以上話を長くしてどうする。それに、ブラックジャックで大勝ちを繰《く》り返《かえ》すとカジノから出入り禁止にされてしまうから『長期的に』という部分は確かに怪《あや》しいわけで。

その点ポーカーはよほどの素行の悪さでも発揮しない限りずっとカジノの『客』でいられる。そして、実力次第《しだい》では勝つこともできる。

なぜか。それは他のゲームが『カジノVS客』の構図になっているのに対し、ポーカーだけが『客VS客』の構図になっているためだ。カジノ側はポーカーテーブルを提供し、全員から均等に場代を回収すること以外では、客の金に手を付けない。

だから、ポーカーは強いプレーヤーが勝ち続ける。

「ポーカーを選んだという行為《こうい》自体は間違《まちが》いではない。だがしかし、我《わ》が国《くに》は圧倒的《あっとうてき》ポーカー後進国だ。外国の猛者共《もさども》を相手にするのはあまりにも早すぎる。結果、日本のカジノは擦《す》れ枯《か》らしのポーカープロにとって絶好の狩《か》り場《ば》と化してしまった。大阪《おおさか》にも宮崎《みやざき》にも、富裕層《ふゆうそう》からの資金流出を止めるには無視できないレベルの大穴が開きつつある」

ここ数年でようやく状況《じょうきょう》が変わってきたが、ポーカーというゲームの愛好者が世界中に溢《あふ》れかえっていることを、かつての日本人はほとんど知らなかった。最も大きな世界大会であるワ《W》ールド・シ《S》リーズ・オ《O》ブ・ポ《P》ーカーの優勝賞金が、日本円にして十億を超《こ》えるという、べらぼうな市場規模であることも。

個人的には、競馬などの公営競技と日本式麻雀《マージャン》が面白《おもしろ》すぎるせいでギャンブラーがガラパゴス化してしまったのではないかと踏《ふ》んでいるが……それはさておき。

「さて、ここでようやく君の登場だ」

本当にようやくだ。今までの話、はたして今日改めて俺《おれ》に聞かせる必要はあったのだろうか。繰《く》り返《かえ》しになるが、必要なくても話すのが二階堂静《にかいどうしずか》で、だからこそ二階堂静《にかいどうしずか》の話は長いのだけれども。

「外国勢とのIR戦争を制すための第三の矢、それは若きポーカープロの活躍《かつやく》と新人育成だ。カジノの内側からではなく、外側からの刺客《しかく》として海外のゴロツキどもを返《かえ》り討《う》ちにする。そのためのトランプ《切り札》をどうにかせねばならんのだ。未来永劫《みらいえいごう》に亘《わた》って、な。だから君をスカウトし、手の内に引き入れた」

俺《おれ》が初めて二階堂静《にかいどうしずか》と言葉を交《か》わしたのは、大学在学中だった三年前。WSOPの出場権を賭《か》けたトーナメントに出場し、三位で権利を逃《のが》した直後だった。確率的には勝って当たり前くらいだった手を、嘘《うそ》みたいな悪運に蹴《け》散《ち》らされた。

失意のさなかだった俺《おれ》の前に二階堂静《にかいどうしずか》は無遠慮《ぶえんりょ》に現れ、いくつかの交換《こうかん》条件を提示した。

──今後俺《おれ》がプレーヤーとしてさらに成長するための、恒久的《こうきゅうてき》なサポートを約束する。

──その代わり、後継《こうけい》の育成にも全面協力して欲《ほ》しい。

大雑把《おおざっぱ》にまとめればそんなところだ。

数日悩《なや》んだ末、俺《おれ》は二階堂静《にかいどうしずか》の申し出を受けることに決め、今こうして長い話を聞かされている。

「それではさっそく先週の活動報告をしたまえ」

どこが『さっそく』なのやら。こんな長話が毎回オプションでついてくるのは何よりも想定外だった。

……いや、それは言い過ぎか。長話は『想定外』の中でせいぜい三番目くらいだろう。

「承知しました。陽明《ようめい》学園初等部ポーカークラブの現状ですが、相変わらず問題なのは——」

二番目の想定外はさしずめ、俺《おれ》の就職先が、全寮制《ぜんりようせい》の女子小学校になってしまったことだ。

❤陽明学園初等部・廊下

赴任《ふにん》して半年以上が経《た》ち、春を迎《むか》えても相変わらず場違《ばちが》いだな、と肩身《かたみ》を狭《せま》くしながら、俺《おれ》は『教師・森本和羅《もりもとかずら》』として長い廊下《ろうか》を歩く。

私立陽明《ようめい》学園はエスカレーター式の小中高一貫《いっかん》で、全寮制《ぜんりようせい》、しかも女子校。筋金入りのお嬢様《じょうさま》学校だ。大理石の廊下《ろうか》に、ゴシック調の装飾《そうしょく》が施《ほどこ》された窓枠《まどわく》。人生で足を踏《ふ》み入《い》れる機会など、可能性すら想像したことはなかった。

教師になるという選択肢《せんたくし》に関してだけなら、それほど縁遠《えんどお》いものではなかったが。何しろ入った大学の学部が教育学部なのだから。

とはいえ、能動的な選択《せんたく》じゃない。英語をしっかり学びたかったので、サポートに定評のある国立大を吟味《ぎんみ》したところ、受かりそうな偏差値《へんさち》だったのが教育学部だった。それだけの話だ。

結局、在学中は卒業すら危《あや》うくなるほど昼夜を問わずオンラインポーカーに明け暮れていたので、二階堂静《にかいどうしずか》との出会いがなければ確実に別の道を選んでいたことだろう。

後継《こうけい》の育成——要するに、一流のポーカープレーヤーを育ててみせろと命じられ、気がつけばとんとん拍子《びょうし》でこんな場違《ばち》いなところに勤めることになっていた。しかも夏休み明けからの中途《ちゅうと》採用。恐《おそ》るべしコネの力。

それにしても、よりにもよってなぜ育成対象がお嬢様《じょうさま》学園の小学生なのか。その理由は二つ聞かされた。

一つはどんな競技であろうと幼いうちから始めるに越《こ》したことはないという確たる事実。

もう一つは、美しく上品な女性ほど、刺客《しかく》として有効に働くであろうという主張だ。

確かに、いかにも『ポーカーでメシ食ってます』といった感じのおっさんより、可憐《かれん》な乙女《おとめ》とテーブルを囲んだ方が、客の財布《さいふ》の紐《ひも》が緩《ゆる》むであろうことは想像に難《かた》くない。

総合的に考えると、なかなかどうしてつじつまの合う話に思えてくる。

……ま、そんなのは建前で真の理由は全く別の所にあると考えるのが妥当《だとう》なのだが。

「先生、ごきげんよう」

「ああ。ごきげんよう」

すれ違《ちが》った児童からお辞儀《じぎ》された。本当に挨拶《あいさつ》が「ごきげんよう」な世界がこの地球上に存在していた事実に、しばらくの間は頭が追いつかなかったが、さすがにこの程度のローカルルールには慣れてきた。今では俺《おれ》の口からも反射的に同じ言葉が出てくる。

「………ん」

次の『ごきげんよう』に備えるべく視線を正面に向けると、よく見知った少女がこちらに近付いてくるところだった。

腰《こし》の辺りで切りそろえられた、艶《つや》やかな黒髪《くろかみ》。武道の達人よろしくしゃんと伸《の》びた背筋。ただでさえ小五としては高めの背丈《せたけ》が、その立《た》ち居振《いふ》る舞《ま》いと相まっていっそう周りから抜《ぬ》きん出《で》て見える。

「ごきげんよう」

少しの緊張感《きんちょうかん》と共に俺《おれ》の方から声をかけた。

「…………」

無視された。

「……おいおい」

さすがに看過できず、すたすたと立ち去ろうとするその背中に向けて強めに呼びかけると、

「あら、和羅《かずら》先生。気づかずすみません。ごきげんよう」

振《ふ》り返《かえ》ったその少女は何事もなかったかのように微笑《ほほえ》み、軽く会釈《えしゃく》した。うそつけ。絶対気づいていたくせに。

「………いや、いいんだ」

イヤミの一つでもぶつけてやろうかと考えたが、やめた。口げんかを挑《いど》むべき相手ではない。いろんな意味で。

「今日の部活はどうする？　通常営業でいいか？」

代わりに業務連絡《れんらく》をでっちあげた。そう、この少女は陽明《ようめい》学園初等部ポーカークラブの一員……それどころか部長である。放課後は毎日顔を合わせる相手だ。幸いにも担任をしているクラスには在籍《ざいせき》していないから授業で会うことはないが。幸いにも。

「通常ではない営業方法を思いついたのでしたら是非《ぜひ》聞かせてもらいたいものですわ」

アルカイックスマイルに露骨《ろこつ》な皮肉が込《こ》められている。俺《おれ》に対して、この少女はいつもこういう態度だ。

まあ、気持ちはわからないでもないのだが。

「……悪かった。引き続き対策を考えておく」

咳払《せきばら》い一つ残し、俺《おれ》は踵《きびす》を返した。逃《に》げるのではない。そろそろ担任クラスに向かわないとホームルームに間に合わない。この学校はやたら広いのだ。

「是非《ぜひ》よろしくお願いしますね。そのためにここへいらしたんでしょう？」

背《せ》中越《なかご》しに、穏《おだ》やかな口調で痛い所を突《つ》かれる。

「ああ。わかってるさ。……二階堂朱梨《しゅり》」

俺《おれ》にできることと言えば、少女をわざとらしくフルネームで呼び『みなまで言うな』という心境を伝えるのがせいぜいだった。

そう。俺《おれ》にとって最大の想定外は、陽明《ようめい》学園初等部ポーカークラブに所属している二階堂《にかいどう》静《しずか》の実の娘《むすめ》、という存在である。

「ごきげんよう」

「きゃ、お声をかけて頂けるなんて！　ご、ごきげんようです、朱梨《しゅり》さまっ！」

「まあ。やめて下さい。クラスメイトに『さま』だなんて。もっと気さくでいいんですよ」

「そんな、もったいないお言葉ですっ！　ああ、どうしましょう。朱梨《しゅり》さまに窘《たしな》められてしまいましたわっ！」

「ず、ずるいですっ。朱梨《しゅり》さま、わたくしにもっ！」

「……ですから、さま付けは。……困ったものです」

朱梨《しゅり》が一歩進むたび、廊下《ろうか》に羨望《せんぼう》の花が咲《さ》く。

つまり『二階堂《にかいどう》』とは、そういうことなのだ。

♠陽明学園初等部・五年二組教室

「ここにコインがある。裏と表の重さは同じだ」

算数の授業中、『場合の数』の単元に入ったばかりだったので少し雑談をすることにした。

これからする話はギャンブルと向き合う上で基本中の基本となる。本来のカリキュラムからは外れてしまうものの、俺《おれ》がなんのためにここへ送られたのかを考えれば、正しい判断だろう。

「ちなみにこの話はテストに出ないから気楽に聞いてくれ」

そう伝えると、教室全体の空気がほどけたような感じがした。そして逆に好奇心《こうきしん》を刺激《しげき》されたのか、ますます視線がコインを掲《かか》げた俺《おれ》の手元に集まる。

新任まもない頃《ころ》はこの程度の注目でもひどく緊張《きんちょう》してしまっていたものだが、今はなんてことない。教師稼業《かぎょう》にも、三十人強のお嬢様《じょうさま》小学生にも、だいぶ慣れてきたようだ。

「このコインを投げて、表が出る確率と裏が出る確率、何%かわかる人?」

尋《たず》ねると、児童たちの何人かが顔を見合わせ始めた。あまりにも簡単すぎる問題だから逆に勘《かん》ぐってしまっているようだ。

「素直《すなお》に考えてくれ。イカサマとかはなしだ」

そう付け足すと、一人、また一人。やがてほぼ全員が挙手をした。

「じゃあ、秋野《あきの》」

適当に児童を選んで当てると、秋野《あきの》は立ち上がってハキハキと答えた。

「どっちも50%だと思います。イカサマじゃないなら」

「その通り。確率は半々だ。じゃあもうひとつ問題。実際にやってみたら、四回連続で表が出た。同じコインを投げて、次に裏が出る確率は?」

今度は誰《だれ》も手を挙げない。真剣《しんけん》に悩《なや》んでいる子が多い。

しばらく黙《だま》って、自主性に任せる。すると、一人の児童がおずおずと手を挙げた。

「何％かはわかりませんけど、すごく裏が出やすいと思います。四回も表が出た後なんですから、次はきっと裏です」

よし、パーフェクト。狙《ねら》い通《どお》りパーフェクトに間違《まちが》えてくれて、嬉《うれ》しくなる。

「そう思うよな。でも不正解なんだ。使うコインが変わってないんだから、確率は半々のまま。たとえ四回連続で表が出た後だろうと、次に裏が出る可能性はやっぱり50％」

にわかに教室がざわつき始めた。言われてみれば当たり前の話、でも感覚としてどうしても納得《なっとく》できない。聡明《そうめい》なお嬢様《じょうさま》たちが集まっているからなおさら、みんな混乱してしまっている様子だった。

約一名ニヤニヤこっちを見ているヤツがいるが、とりあえず無視しておこう。

この、ある連続する法則が出現した後に、確率変動が起こるように感じてしまう事象については、主に二つの呼び名が与《あた》えられている。

一つは『ギャンブラーの誤謬《ごびゅう》』。れっきとした経済用語だ。

そしてもう一つが、いわゆる『ツキ』『流れ』と呼ばれるもの全般《ぜんぱん》。

別に俺《おれ》はどちらの言葉で捉《とら》えても良《い》いと思っている。

ただひとつ確かな事実は、重さが均一なコインを投げた時、裏と表の出る確率は常に半々であるということ。

「あの、先生……」

また別の子が挙手。頷《うなず》いて耳を傾《かたむ》ける。

「ん？　納得《なっとく》がいかない？」

「いえ、というか。前提がヘンなのでは」

「前提というと？」

「そもそも、確率が半々なのに、四回連続で表が出るっておかしくないですか？」

「良《い》い質問だなぁ」

おっと、いかん。嬉《うれ》しくなりすぎて『教師口調』を忘れそうになってしまった。

「とりあえず先に結論を言うぞ。それほどおかしくない。『たまたま』四回連続で表が出てしまうくらいのレベルなら、偶然《ぐうぜん》で片づけられる」

「え、でも……」

「ちょっと小学校の算数の範囲《はんい》を超《こ》えちゃうけど、きっとみんななら理解できると思う。五回コインを投げることにして、一回目が表だった。じゃあ次にもう一度表が出る確率って何%だと思う？　表、表と二回連続で出る確率」

「えっと、えっと……半分の、半分だから……」

「そう、それで正解。50%の半分だから25%。さて、次だ。表、表、表と三連続で出る確率は？」

「25％の半分です！」

クラスの知的好奇心《こうきしん》に火がついたらしく、挙手無しで正解が飛んできた。もしかしたらこれまでで最も、二階堂静《にかいどうしずか》に感謝の念を抱《いだ》いてしまっている瞬間《しゅんかん》かもしれない。やりがいのある仕事って楽しい。小学生って最高かな？

「そう！　12．5％。さあ、いよいよ表が連続で四回出る確率に辿《たど》り着《つ》いた。もう計算はいいよな。小数点は外しちゃって約6％の確率で、コインは四連続で表になる」

「6％って、めちゃめちゃ少なくないですか……？」

「んーと。みんな、ゲームでガチャ引く？」

「たまに引きまーす！」

「重課金勢でーす」

今ちょっと聞き捨てならない反応があったような気がしたが、脱線《だっせん》が長くなってきたので無視しよう。お嬢様《じょうさま》学校だから問題ないのだろう、たぶん。

「そのガチャでSSRとかURとか星5とか、一番レアなカードが出る確率、何％って書いてあった？」

「え、書いてあるの？」

ある。ずっと昔に景品表示法で明記しなきゃいけないルールになったから。

「私、見たかも。確か、私のやってるゲームだと、3％……あ」

「3％か。かなり低いね。低いけど、ゼロじゃない。ゼロじゃないことは起こりうる。表が四連続で出る確率は、ガチャで最高のレアリティを一発引きする確率のだいたい二倍くらいだ」

そこまで畳《たた》みかけて、俺《おれ》は一度クラス全体を見渡《みわた》す。感心しきってる子、何の話だったか混乱し始めてる子、寝《ね》てる子、ニヤニヤしてるヤツ。反応は様々だ。

「その6％の偶然《ぐうぜん》がどれくらいの偶然《ぐうぜん》か、たぶん人によって受け止め方が違《ちが》うと思う。けっこうあるじゃんと思う子も、ほぼありえないじゃんと思う子も、どっちもいるだろう。ただ、とにかく覚えておいて欲《ほ》しい。コイン投げで四連続表が出たとしても、その次は必ずまた50％の確率に戻《もど》る。五連続で表が出る確率は3％。だけど、四回表が出た後でもう一度コインを投げた時、また表が出る確率は変わらずに50％なんだ。裏が出やすくなったりは、絶対にしない。これをずっと、大人になるまで忘れないでいてほしい」

「どうしてですか？」

「言い方を変えれば、偶然《ぐうぜん》は確率に勝てないってことを知って欲《ほ》しいんだ。今回は四連続だったけど、これがもし四百連続だったら？　全部表が出ることってあると思う？」

「それはぜったいありえないです」

「うん。ここまで回数を繰《く》り返《かえ》せば全部表になる確率はゼロに等しくなる。たまたま表が連続する偶然《ぐうぜん》は、たまたま裏が連続する偶然《ぐうぜん》とぶつかり合って、コインを投げる回数が多くなればなるほど、元の確率、つまり50%に収束していく。これを『大数《たいすう》の法則』という」

「大数《たいすう》の法則……。それを、覚えておくんですか？」

「覚えておいて。次のテストには出ないけど」

「先生、どうして？」

「またガチャの喩《たと》えで悪いが、『十連五回も回してSSRゼロなんだから、次こそ欲《ほ》しかったカードが出るはず！』とか思ったことない？　逆に『一回目の十連でいきなりSSR二枚！今日はツイてる！　もっと回そう！』とか」

「う……」

「もうわかったよね。これはどっちも間違《まちが》った考え方。回せば回すほど、本来の確率……さっき言ってくれたガチャだと3%に収束していくだけ。『ツキ』は『大数《たいすう》』に絶対勝てないんだ。さて、それでは最後に応用問題。この事実から導き出される、人生の教訓は？」

一度、しぃんとなる教室。それから恥《は》ずかしそうに、『重課金勢』の子が手を挙げた。

「ガチャは、ほどほどに……」

「良《い》い答えだ。勝率が50%以下の純粋《じゅんすい》な丁半博打《ちょうはんばくち》は、長居したら絶対に負ける。近付かないか、どうしても我慢《がまん》できないならせめて一発勝負でさっさと勝《か》ち逃《に》げ狙《ねら》いにしておくこと。外したら潔《いさぎよ》く諦《あきら》めよう」

例えばバカラとか、ルーレットとか。場代をカジノに抜《ぬ》かれてしまうから、二択《にたく》に賭《か》けても回数を重ねれば重ねるほど必ず損をするシステムになっている。

「さて、脱線《だっせん》はこれくらいにして教科書の――」

「ねーセンセー。もし勝率が51%以上ある丁半博打《ちょうはんばくち》ならどーなんスか?」

ようやく授業を始めようとした寸前、ずっとニヤニヤしてたヤツがますますニヤニヤしながら挙手をした。余計なことを。今日のところは教訓だけで終わらせようとしていたのに。

「……そうだなぁ。もしそんなオイシイ話が成立する場面があるんなら、ぜひ、やるべきなんじゃないか? なるべくたっぷり、長い時間をかけて」

例えば……ポーカーとか、な。

授業中にも拘《かか》わらず、制服の外側に羽織った上着のフードを被《かぶ》ってニヤニヤしているそいつ――陽明《ようめい》学園初等部ポーカークラブメンバー、木之下《きのした》留子《るこ》に、俺《おれ》はわざとうんざりした顔を見せつけながらため息をもらした。

まったく。これでもマシになった方とはいえ、ポーカーテーブルの外ではもう少し地味に振《ふ》る舞《ま》えという忠告を、いつになったら聞いてくれるのやら。

◆同教室・昼休み

小学校の雰囲気《ふんいき》なんて自分の卒業した公立校くらいしか知らないが、この陽明《ようめい》学園が世間一《いっ》般《ばん》とはだいぶ異なる世界に存在していることは、疑う余地もない。こんなに静かで落ち着いた昼食の風景を眺《なが》められるのも、日本の小学校の中ではここ以外にあといくつあるのか。きっと片手で数えて足りる程度だろう。

給食が出てくるところは他の公立校と同じだ。全寮制《ぜんりょうせい》なのだから当然といえば当然なのかもしれないが。

しかしこの給食がまた、かなりの異世界要素を孕《はら》んでいる。当番が配膳《はいぜん》を行うのだが、最初に支度《したく》されるのがテーブルクロスである。この事実を伝えるだけで、おおよその食事レベルが早くも伝わることだろう。続いて白磁の皿が大小二枚。一つには瑞々《みずみず》しいサラダ、もう一つには緑色のソースとチーズで彩《いろど》られたパスタが盛られている。スパゲッティではない。パスタと表現しなければ正しくビジュアルが伝わらないやつだ。さらに具だくさんなスープが付き、デザートにティラミス。

正直言って、うまい。俺《おれ》にとって、この給食がいちばんのご馳走《ちそう》であり栄養源にもなっている。一般的《いっぱんてき》なひとり暮らしの青年男性の例に漏《も》れず、草の類《たぐい》なんぞそもそも買わない。

「あれあれ～、ティラミス一個余るッスね。鈴木《すずき》ちゃん欠席につき」

食物繊維《しょくもつせんい》のありがたみを嚙《か》みしめていると、今日の給食当番が大げさに声をあげた。留子《るこ》だ。相変わらずフードを目深《まぶか》に被《かぶ》っている。

いつも注意するべきか迷うのだが、校則によると寒い時は制服の上に一枚何か羽織っても良《い》いことになっている。この辺は要人のお子様を預かってるためか、レギュレーションがユルい。だからパーカーを着ていること自体は問題ないのだが、フードはどうなのだろう。被《かぶ》っちゃダメとは書いてなくとも、心証としてはお行儀《ぎょうぎ》が良《い》いとは言《い》い難《がた》く。令嬢《れいじょう》を育て上げる立場を任されていて、看過していいものだろうか。

いつものようにしばし迷った末、結局俺《おれ》は言葉を呑《の》み込《こ》んだ。留子《るこ》がフードを被《かぶ》るのは職業病みたいなものだから、シンパシーを感じる側としては指摘《してき》が憚《はばか》られる。

多いのだ。ポーカープレーヤーにはフードを被《かぶ》って表情を隠《かく》そうとする輩《やから》が。留子《るこ》もそのうちのひとりということ。だから、見逃《みのが》してやることにする。教師としてではなく、同類として。

「これはいっちょ、やるっきゃないッスね。余りデザート争奪戦《そうだつせん》！」

ティラミスが一つだけ残ったワゴンの前で、高らかに指を突《つ》き立《た》てる留子《るこ》。

それに対し、周りからの反応は薄《うす》かった。さすがお嬢様《じょうさま》学校……と、言いたいところだが、そうではない。本当ならば、あわよくばティラミスをゲットしたい。そう考えている児童はそんなに少なくないだろう。

なのに誰《だれ》も名乗り出ない理由は、もはや諦《あきら》めてしまっているからだ。

留子《るこ》と争っても絶対に勝てない。皆《みな》が皆《みな》、挑《いど》む前から戦意喪失《そうしつ》している。

「おんやー、誰《だれ》も挑《いど》んでこないんスか。じゃ、給食当番権限であたしがもらっちゃうっスよ？」

ニヤニヤしながら、留子《るこ》はポケットからトランプを取り出した。クラブ活動の時にも使う、デュース・カンパニー社製の特注カード五十三枚。

「じゃんけんならやるけど、留子《るこ》とトランプはしない」

「絶対勝てないもん。なんかズルしてるでしょ」

あちこちから上がる不満の声。そう、過去にも何度か余ったデザートを賭《か》けて競《きそ》い合《あ》ったことがあったのだが、その度《たび》に留子《るこ》が周りを圧倒《あっとう》。もはや不審《ふしん》がって留子《るこ》に挑《いど》みかかろうとする気力を誰《だれ》も持ち合わせていないのだ。

ちなみに勝負の方法はポーカーではない。したたかな留子《るこ》はポーカーよりさらに『確実』な方法で、ご令嬢《れいじょう》たちを虐殺《ぎゃくさつ》していった。

「完全運ゲーなんて興味ないっスね。デザート争奪戦《そうだつせん》はババ抜《ぬ》きに限るっス。当番権限っス」

「当番権限って、留子《るこ》って今日ほんとは給食当番じゃなかったじゃん」

「鈴木《すずき》さんが休みだと知って、必ずデザートが余ると見越《みこ》して志願したんでしょう」

「ふふん。もう当番になっちゃった後なのでクレームは受け付けないっスよん。ババ抜《ぬ》きで決めるっス」

「……じゃあ、やらない」

「私もいい。留子《るこ》の好きにすれば？」

クレームを付けていた二人がティラミスを睨《にら》みつつ引き下がった。相当欲《ほ》しそうなのだが、競《きそ》うという選択肢《せんたくし》は避《さ》けた。

まあ、気持ちはわかる。留子《るこ》にババ抜《ぬ》きなんてやらせようものなら、もはやイカサマのような精度で相手の持ち札《ハンド》を看破してしまう。気持ち悪くて二度と相手にしたくなくなるだろう。

「不戦勝っスか。平和っスね～」

口笛混じりに、揚々《ようよう》とティラミスに手を伸《の》ばす留子《るこ》。余ったデザートの取《と》り扱《あつか》いについては自由意思に任せているので俺《おれ》も別に介入《かいにゅう》しない。


「あ、あのっ!」


あとは静かに留子《るこ》の胃袋《いぶくろ》が余分に満たされていくだけ。そう思った瞬間《しゅんかん》、教室に大きな声が響《ひび》いた。

視線が教室の真ん中辺りに集中する。立ち上がって頬《ほお》を赤らめているのは、笹倉巴《ささくらともえ》という児童だった。

元気な子だが、クラス内ではあまり目立つタイプではない。成績は中の中。特徴《とくちょう》と言えば、お嬢様《じょうさま》学校の児童にしてはお嬢様感《じょうさまかん》が薄《うす》いことだろうか。

いや、むしろ二《に》階堂朱梨《かいどうしゅり》みたいな良家のお嬢様《じょうさま》オーラ全開、というタイプの方が、数としてはマイノリティなのだが。

「お、どしたっスか。巴《ともえ》……さん？」

少し迷って、『さん』付けする留子《るこ》。留子《るこ》と巴《ともえ》が会話していたところは、見た記憶《きおく》がない。仲はよくも悪くもない、疎遠《そえん》な関係だったように思う。

「巴《ともえ》でいいよ、留子《るこ》……ちゃん」

「あたしも留子《るこ》でいいっス。んで、もしかして興味あるっスか？　ティラミス」

「う、うん。実は……大好物で！　私、参加します！　争奪戦《そうだつせん》に！」

「ふふん。そうこなくっちゃ。面白《おもしろ》くなってきたっスね！」

指をパチンと鳴らして巴《ともえ》に近付いていく留子《るこ》。周りでは皆《みな》がフォークを置き、静かに動向を見守りだした。

おそらくは、留子《るこ》がどんなペテンを使っているのか見破ってやろうと息巻いているのだろう。だが、それは徒労に終わる。留子《るこ》はイカサマなんてしていない。そんな必要はない。ヒラで勝負して圧倒的《あっとうてき》にババ抜《ぬ》きが強い。そういう特殊《とくしゅ》な能力を持った人間なのだ。

「一対一《ヘッズアップ》だし、昼休みが惜《お》しいからカード五枚でいいっスよね。二組ペア作った方が勝ち」

「う、うん。わかった」

ぎゅっと拳《こぶし》を握《にぎ》り、気合いを露《あら》わにする巴《ともえ》。……かわいそうに。相手がやる気になればなるほど留子《るこ》が有利なのだが。

「そんじゃ、さっそく」

留子《るこ》がカードを手際《てぎわ》よく五枚抜《ぬ》き出《だ》した。Aが二枚にKが二枚。そしてジョーカー。それらを別々に分け、片方のAとKを巴《ともえ》に渡《わた》す。

「待って！」

そこでギャラリーから制止が入った。

「ん？　なんスか？」

「そのトランプ、留子《るこ》のでしょ。裏になにか印とかあるんじゃないの？」

「私たちによく見せて」

よほど留子《るこ》は信頼《しんらい》されてないらしい。友達作りに苦労しているようには見えないが、どうやら普段《ふだん》から勝負事で猛威《もうい》を振《ふ》るいまくっているようだ。

大丈夫《だいじょうぶ》なんだろうか。過度に敵意を集められると、『本職』にも悪影響《あくえいきょう》が出かねないから心配になってきた。

……昔のこともあるし。

「そんな必要ないっスよ。もっと確実な方法があるんで」

肩《かた》をすくめる留子《るこ》。その表情には余裕《よゆう》がある。ふむ。それなら問題ないか。

「センセー、カードチェンジプリーズっス」

少し安心した矢先、留子《るこ》は俺《おれ》に向けて手首を左右に回転させるジェスチャーをした。

「黙認《もくにん》してやってるだけで、デザートの奪《うば》い合《あ》いを奨励《しょうれい》しているわけじゃないんだけどな」

「まーまー。堅《かた》いことはナシで。それにセンセー、授業で言ったばかりじゃないっスか。勝率五割を超《こ》える丁半博打《ちょうはんばくち》は積極的に参加しろって」

そこを指摘《してき》されると弱い。確かに留子《るこ》にとってこの勝負、勝率は五割なんてものじゃない。巴《ともえ》が仮に、驚異的《きょういてき》な才能の持ち主でない限りは、だが。

俺《おれ》は鼻を鳴らして立ち上がり、鞄《かばん》から未開封《みかいふう》のカードを取り出して留子《るこ》に投《な》げ渡《わた》した。折《お》り癖《ぐせ》がついてしまうこともあるので、部活ではずっと同じカードを使い続けたりしない。だから俺《おれ》の鞄《かばん》には、いつでも新品のトランプが入っているのだった。

「巴《ともえ》が封《ふう》を切って、好きな二組のペアとジョーカーを抜《ぬ》くっス。それでどうっスか？」

物言いを付けてた子たちも、そこまで譲歩《じょうほ》されると文句の付けようもなくなったようだった。言われるまま、巴《ともえ》は慣れない手つきでカードを留子《るこ》がしたのと同じように抜《ぬ》き、表向きにテーブルに並べた。さっきとは数字が異なる。使うのはJとQで、あとはジョーカーが一枚。

「あたしが先攻《せんこう》で良《い》いっスか？　つまり巴《ともえ》がジョーカーを含《ふく》む三枚持ちで、あたしが一枚選ぶところからスタートっス」

「えーと、うん。それで良《い》いよ」

巴《ともえ》が頷《うなず》いた瞬間《しゅんかん》、俺《おれ》は内心で思う。終わったな、と。せめて逆にしておけば、運の要素で勝利を掴《つか》むことができたかもしれないのに。

留子《るこ》も相変わらず抜《ぬ》け目《め》ない。いろいろ譲歩《じょうほ》しているように見せかけて、自分にとって一番の利となる先手はさりげなく奪取《だっしゅ》しにいった。ティラミスを譲《ゆず》って友好関係を深める気はさらさらないらしい。

「さ、好きなように並《なら》べ替《か》えるっス。終わったら合図してくれっス」

「わ、わかった」

机に額を押《お》し付《つ》け両肘《りょうひじ》を抱《かか》える留子《るこ》。巴《ともえ》の方は配置に迷っているのか、しばしカードと睨《にら》めっこを続ける。

「……このジョーカー、カワイイ」

ぼそりと巴《ともえ》が呟《つぶや》いた。迷っていたわけではないのかと、肩透《かたす》かしを食らった気分になった。

確かに陽明《ようめい》ポーカークラブ専用トランプのジョーカーには、大変珍《めずら》しいことにうら若き乙女《おとめ》が描《えが》かれている。モデルは間違《まちが》いなく朱梨《しゅり》だ。これを二階堂静《にかいどうしずか》の親バカと捉《とら》えるべきか否《いな》かは意見が分かれるところである。

なぜなら、ポーカーでは使わない、除外されるカードだからだ。ジョーカーは。

「そんなんどうでも良《い》いから早くするっスよ～」

「ご、ごめんなさい！　えっと、じゃあ……うん！　決まったよ！」

巴《ともえ》の合図を受けて留子《るこ》が顔を上げた。そして、先ほどまでのニヤニヤ顔から打って変わって目元を伏《ふ》せ、じっと巴《ともえ》に意識を集中させている。

よほど訓練しているか、生まれつき特殊《とくしゅ》な才能の持ち主でない限り、人間は、無意識にあらゆる情報《テル》を全身から漏洩《ろうえい》させてしまう。目元、口元は言わずもがな。最も隠《かく》しづらいのは首筋の頸動脈《けいどうみゃく》に現れる動きだという説もある。だから、ポーカープレーヤーはフードを被《かぶ》りたがるのだ。

そして、木之下留子《きのしたるこ》は情報《テル》リーディングの天才だ。他はさておき、相手の仕草から情報《テル》を読み取る能力に関しては既《すで》に全世界のポーカープレーヤーの中でも屈指《くっし》の実力を誇《ほこ》ると言えるだろう。

だからババ抜《ぬ》き勝負なんて絶対に挑《いど》んではいけない。何のトレーニングもしていない人間がジョーカーを抱《かか》えたら、留子《るこ》は一瞬《いっしゅん》でその位置を看破してしまう。

一縷《いちる》の望みがあるとすれば、巴《ともえ》が生まれつきの超《ちょう》無表情である場合だが。

「あ〜」

うっかりため息を漏《も》らしてしまった。ダメだ。教壇《きょうだん》から距離《きょり》を取って眺《なが》めている俺《おれ》でもわかる。巴《ともえ》の視線は向かって右のカードに釘付《くぎづ》け。あれがジョーカーだ。裏をかいて別のカードを凝視《ぎょうし》しているという可能性も、この位置だと完全には否定できないが。

「……時短、いいっスか?」

「えっ」

「ほい、ほいっと」

「あ!」

留子《るこ》はルールを無視して、いきなり巴《ともえ》の手元から二枚のカードを抜《ぬ》き取《と》った。そして[J]と[Q]を表向きに投げ置く。

「えええええええ～!?」

心底驚《おどろ》きを隠《かく》せない様子の巴《ともえ》だったが、留子《るこ》の方も微妙《びみょう》に意外そうな表情をしている。

おそらくは、こんなにも顔に出やすい性格なのに、ババ抜《ぬ》き勝負を挑《いど》んできたのかと呆《あき》れているのだろう。

「率直《そっちょく》に申し上げて、今まででいちばん楽な相手だったっスね」

「う、うう。もう一回！　今のは……れ、練習ということでもう一回お願い！」

お。巴《ともえ》、意外と往生際《おうじょうぎわ》が悪い。

これは褒《ほ》め言葉《ことば》だ。俺《おれ》個人としては、簡単に諦《あきら》めてしまう人間より足掻《あが》き続《つづ》ける根性《こんじょう》のあるタイプの方が好きだ。

たとえそれが、どんなに無謀《むぼう》な茨《いばら》の道だとしても。

「えー。ムダな時間としか思えないんスけど？」

「そこをなんとか！　どうしてもこのままじゃ悔《くや》しくて……負けたらなんでもするから」

その発言を聞いて、フードの奥《おく》で留子《るこ》の瞳《ひとみ》がギラリと光った……ような気がした。

「じゃあ、ちゃんと対価を出すっス」

「……対価？」

「勝負したいなら、もう一個ティラミスを賭《か》けてもらうっス。巴《ともえ》の分の、そのティラミスを」

「ひ、ひとりで三個も食べるつもりなの……？」

「別にあたしは二個でも満足っスけど、勝負するなら利益がないとやる気にならないっス。ていうか、負ける気で勝負に挑《いど》むっスか？　あたしに三個食べさせるつもりなら、そもそも勝負しなくてよくないっスか？」

「…………………」

ごもっともな指摘《してき》に唇《くちびる》を噛《か》む巴《ともえ》。守りに入りかけているのが表情から見てとれた。よほどティラミスを全て失ってしまう事態は避《さ》けたいらしい。

しかし、やがて。

「わかった。賭《か》けるよ。私のティラミスを」

顔を青白くしながら絞《しぼ》り出《だ》すように頷《うなず》いた。カジノで財布《さいふ》の中身全部を賭《と》した客でもなかなか見せないような絶望感に溢《あふ》れた面持《おもも》ちだ。

正直、そこまでビビるならやめておいた方がいいと思うのだが。

「了解《りょうかい》。じゃ、もう一度カードを持つっスよ」

「……う、うん！」

感情が昂《たかぶ》れば昂《たかぶ》るほど、留子《るこ》にとってはイージーゲームになる。ただでさえ薄《うす》かった巴《ともえ》の勝ち目は、もはや完全に潰《つい》えている。本人は気づいていないだろうが。

留子《るこ》に向けカードを裏向きに突《つ》き出《だ》す巴《ともえ》。今回はどれか一枚を凝視《ぎようし》している様子ではない。もはやそんな余裕《よゆう》すらないのだろう。

浮《う》かべているのは、ただ自分の既得益《きとくえき》であるティラミスを失いたくないという恐怖《きようふ》だ。

こうなったらもはや、留子《るこ》の独擅場《どくせんじよう》である。

「時短ヨロシク〜っス」

「あああああああ⁉」

またしても二連続で、ジョーカー以外を巴《ともえ》の手から抜《ぬ》き取《と》る留子《るこ》。絶望のあまり巴《ともえ》はへなへなとその場にしゃがみ込《こ》んでしまった。

かわいそうに。深入りしなければ自分の大好物を失うことはなかったろう。挑《いど》む相手を間違《まちが》えると人生とんでもない転落が待ち受けている。せめてそれが巴《ともえ》にとっての教訓になってくれることを祈《いの》るばかりである。

ついでに俺《おれ》は心の中にメモする。

笹倉巴《ささくらともえ》、どうやらババ抜《ぬ》きの才能は皆無《かいむ》、と。

となれば、ポーカークラブへの勧誘《かんゆう》対象としては完全に除外だな。

なんて。もともとこのクラスから留子《るこ》以外の誰《だれ》かに声をかける気などさらさらないのだが。

❤陽明学園初等部・ポーカールーム

「オールイン」

朱梨《しゅり》が雑に宣言してチップを全て前に差し出す。

「んじゃオールインっス」

それに留子《るこ》も雑に応える。

両者、持ち札《ハンド》をオープン。現段階ではどっちが強いとも弱いとも言えない、実にマージナルなハンド同士の対決だ。

俺《おれ》が五枚のカードを場に開く。結果的には朱梨《しゅり》の勝ちだった。

「はいはい負け負けっス」

「無駄《むだ》な時間を過ごしましたね。わかってはいましたが」

留子《るこ》は少しも悔《くや》しそうな様子を見せずに『お手上げ』のポーズを取り、朱梨《しゅり》は穏《おだ》やかな口調で皮肉を俺《おれ》に向けた。

確かに、せっかく集まったのだから対戦のひとつでもどうだと提案したのは俺《おれ》なのだが。

「お前らもなぁ……。確かにこの局面の最適解はオールインだけど、練習なんだから少しは読み合いに持《も》ち込《こ》んでみようとか思わないのか？」

「朱梨《しゆり》と真っ向勝負なんて疲《つか》れるだけっスよ～。練習でいくら勝とうが負けようが、何も手に入らないっスし」

「私は最適解がある時、常に最適解を選びます。練習も本番も関係ありません」

留子《るこ》の怠惰《たいだ》さはひとまず諦《あきら》めるとして、朱梨《しゆり》のド正論に対しても俺《おれ》はため息を漏《も》らすことしかできなかった。

ポーカーにはマインドゲームとしての側面と、確率ゲームとしての側面、その二つが複雑に混ざり合っているのだが、一般的《いっぱんてき》なトーナメントのルールで一対一《ヘッズアップ》の勝負になると、時間が経《た》つにつれ圧倒的《あっとうてき》に確率論の要素の方が強くなっていく。はっきり言ってしまえばあるタイミングを境に運ゲーになる。

もちろんトーナメントの最終局面など、何か大きなものが賭《か》かっているのであればイレギュラーな要素も絡《から》むのだが、今は留子《るこ》の言う通り、負けても失うものがない。

ならば一定以上の勝率があるハンドであれば先手はチップ全賭《ぜんか》け――オールインしてしまうのが長期的には最も儲《もう》かる。受ける方も今の留子《るこ》くらいのそこそこな手が入っているならオールインで正解。確率で考えればそうなってしまうのだ。読み合いもクソもなく。

「少しルールを……」

変えてやり直し――と最後まで口に出す前に、俺《おれ》は自分の思考を否定せざるを得なかった。ダメだ。どうせ朱梨《しゆり》は対応してすぐ『最適化』してしまう。小手先でどうこうするより先手オールインで挑《いど》んだ方が高勝率、という状況《じょうきょう》にあっさり辿《たど》り着《つ》いてしまうことだろう。あとは受ける側が自分の手札の強さを見て伸《の》るか反《そ》るか。それだけのゲームに落ち着くのは、始める前から目に見えていた。

「ヘッズアップはもう良《い》いです。ハンド分析《ぶんせき》していた方がマシです」

くるりと椅子《いす》を回転させ、PCと向き合う朱梨《しゅり》。確かにAI相手にシミュレーションを重ねる方が、留子《るこ》とカードのめくり合いに興じるより成長に繋《つな》がるだろう。

それは理解している。理解しているのだが、こんな立派な、最新鋭《さいしんえい》のポーカーテーブルが用意された部屋に集まっている意味がなくなる。

ひいては俺《おれ》の存在意義が無と化してしまう。すなわち二階堂静《にかいどうしずか》に対する違約行為《いやくこうい》になる。これは速《すみ》やかに避《さ》けねばならぬ事態だった。

やはり、現在このポーカークラブが抱《かか》えている大問題と向き合うことを、何よりも優先しなければならない。

大問題。それは現在朱梨《しゅり》と留子《るこ》、部員がたった二人しかいないという不測の事態だ。別に俺《おれ》の行動の結果でこうなったわけでは断じてないのだが、釈明《しゃくめい》しても状況《じょうきょう》は変わらず、このままでは練習すらままならない。

三人。せめて三人いれば部内対戦でもポーカーの戦略性は格段に増すし、規定人数にも達して大会の団体戦にだって出られるようになるのだが。

「センセー、やっぱ二人だとつまらないっス。勧誘《かんゆう》行きません？　メイド服とか着て『ご主人さま～』って口説けばイチコロっスよ。あたしと朱梨《しゅり》の美貌《びぼう》をもってすれば」

「なるほど名案だ。ここが女子校じゃなければな」

共学であったとして、それでデレデレ付いてくる男にポーカーの才能があるとも思えないが。しかも俺《おれ》は強い『女子』の育成を命じられているのだから、男の時点で対象外だ。

ただ、改めて勧誘《かんゆう》に行くべきという留子《るこ》の主張に関しては同意せざるを得ない。そろそろ重い腰《こし》を上げなくては。待っているだけでは解決しないのは当然に気づいている。

問題は、才覚溢《あふ》れる成績を示している児童は既《すで》に他のクラブに囲《かこ》い込《こ》まれていたことだった。今さらポーカーに鞍替《くらが》えしてくれる可能性は、相当に低い。新学期に猪突猛進《ちょとつもうしん》なスカウトを試《ため》してみて這々《ほうほう》の体《てい》で追い返された経験によって、実感として身に染《し》みている。

俺《おれ》だって朱梨《しゅり》たちが思ってるほどのんびり構えてるわけじゃない。ただちょっと心が折れかけてしまった時期があっただけで。

見知らぬお嬢様《じょうさま》から不審者扱《ふしんしゃあつか》いされるのは辛《つら》いし、先輩《せんぱい》教師から汚物《おぶつ》を見るような視線やキツい叱責《しっせき》を頂くのも辛《つら》い。コネ採用の新人。そりゃあ、多かれ少なかれかわいがられるのも無理はないが。

という事情もあり、つい『むこうからポーカークラブの門を叩《たた》いてくれる救世主』が現れる可能性に賭《か》け、待ちの態勢に入ってしまった気持ちも少しくらいは理解して欲《ほ》しい。

——こん、こん。

そんな弱音を浮《う》かべた瞬間《しゅんかん》、部室の扉《とびら》からノックの音が響《ひび》いた。無意識に、俺《おれ》は立ち上がって驚《おどろ》きを全身で表現してしまう。

まさか、届いた……⁉

俺《おれ》の藁《わら》にもすがるような想《おも》いが、あの無慈悲《むじひ》な確率の創造主の許《もと》に……⁉

「あのっ、失礼します！」

そんな期待は、現れた少女の顔を見た瞬間《しゅんかん》へなへなと萎《な》えた。本人には非常に申し訳なく思うが、俺《おれ》はどうしても意気消沈《いきしょうちん》を隠《かく》すことができず、すぐ元の椅子《いす》に座《すわ》り直《なお》してしまう。

「あれ、どしたっスか。巴《ともえ》」

頬《ほお》を染め、そろそろと部室に入ってきたのは、笹倉巴《ささくらともえ》だった。

「ご、ごきげんよう。留子《るこ》。職員室で聞いたら、ポーカークラブの活動場所はここだって教えてもらって、それで……」

もじもじしながら俺《おれ》たち三人の顔を順繰《じゅんぐ》りに見る巴《ともえ》。

はて。留子《るこ》と俺《おれ》はわかるが、朱梨《しゅり》とも面識があったのか？

ああ、違《ちが》う。そうか。気づいたんだな。陽明《ようめい》ポーカークラブ特注のカードに描《えが》かれたジョーカーのモデルが誰《だれ》なのか、顔を見て一瞬《いっしゅん》で。

「それで、どうしたんだ？」

俺《おれ》が促《うなが》すと、巴《ともえ》は一念発起《いちねんほっき》した様子で息を呑《の》み、それから勢いよく腰《こし》を直角に折った。

「お願いします！　私のことも、ポーカークラブに入れて下さいっ！」

宣言を聞いて真っ先に、俺《おれ》は留子《るこ》と顔を見合わせた。端《はた》から見ればたぶん、二人ともそっくりな表情をしていたことだろう。

「えーと。なんでまた急にっスか」

「え、えへへ……。実はお昼に留子《るこ》と勝負した時、ドキドキして。あんまり味わったことのない感覚だったから、カードゲームに興味が湧《わ》いて……それに」

そこで一拍《いっぱく》おいて、巴《ともえ》はちらりと朱梨《しゅり》を見た。

「ジョーカーの絵柄《えがら》がすごく素敵《すてき》で、なんだか一目惚《ひとめぼ》れしちゃって。……まさか、モデルさんがいるとは思わなかったけど」

図《はか》らずも今、巴《ともえ》は地雷《じらい》を踏《ふ》んだ。カードにジョーカーとして自分が描《えが》かれていることを、朱《しゅ》梨《り》は快く思っていない。

繰《く》り返《かえ》すが、俺《おれ》たちがプレーする種類のポーカーでは、ジョーカーは使用されない。なのに朱梨《しゅり》が描《えが》かれた。そこに、二階堂静《にかいどうしずか》からのメッセージを最初に受け止めたのは、他ならぬ朱梨《しゅり》だった。

お前はプレーヤーの側ではない。他のカードに混ざるべき存在ではない。そう暗に念を押されていると感じたのであろう朱梨《しゅり》は、新品のカードを開封《かいふう》するや否《いな》やジョーカーを切り刻む。

どうせ使わないから良《い》いでしょう、と無表情に言われると、俺《おれ》はもはやなにも口を挟《はさ》めない。

だからこの時、俺《おれ》と留子《るこ》は強い緊張感《きんちょうかん》でもって再び目配せし合った。

ついに朱梨《しゅり》のマジギレを目の当《まあ》たりにする羽目になるかもしれない、と。

「ポーカーって、ジョーカーは使わないんですよ」

結論として、朱梨《しゅり》はたおやかさを寸分も崩《くず》さず微笑《ほほえ》むのみだった。さすがのお嬢様《じょうさま》強度だと改めて舌を巻く。

「えっ。そうなんですか、……でも、実物がいらっしゃるなら。むしろそちらの方が……え、えへへ」

巴《ともえ》が照れくさそうに両頬《りょうほほ》を押《お》さえた。どういう反応だそれは。

「……貴方《あなた》、もしかして。その、そういうご趣味《しゅみ》？」

朱梨《しゅり》も俺《おれ》と同じ疑念を抱《いだ》いたらしく、さっきよりもよほど反応に焦《あせ》りが垣間見《かいまみ》えていた。

「違《ちが》います違《ちが》います！　ヘンな意味じゃなくて。きれいなモノや人に、憧《あこが》れちゃうんです。……私には、なにも目立つところがないから」

焦《あせ》って両手を振《ふ》ったのち、少し寂《さび》しそうな面持《おもも》ちになる巴《ともえ》。

一連の行動に、ブラフの要素は読み取れなかった。

留子《るこ》を見る。軽く肩《かた》をすくめられた。留子《るこ》にも情報《テル》は伝わらなかったらしい。ならば本心からの告白か。

だとすると、良心の呵責《かしゃく》から逃《のが》れるのは難しそうだが。

「でも、なんだか。運命的なものを感じたんです！　今日、留子《るこ》と対戦して、留子《るこ》のトランプを見て。だから……一生懸命《いっしょうけんめい》がんばりますから、私をポーカークラブに入れて下さいっ！」

もう一度深々とお辞儀《じぎ》をする巴《ともえ》。三度目のアイコンタクトで困惑《こんわく》を伝え合う、俺《おれ》と留子《るこ》。

ここは、俺《おれ》が優柔不断《ゆうじゅうふだん》な態度を取っては許されぬ場面だな。顧問《こもん》らしく、はっきりと伝えることにする。ただし、なるべく傷つけぬように。

「すまないが、入部は認められない」

「だ、ダメなんですか⁉　どうして……？」

深く息を吸《す》い込《こ》んで、溜《た》めを作る。ちゃんとした理由が伝われば、諦《あきら》めもつくだろう。

俺《おれ》はあえて声のトーンを落とし、真剣《しんけん》な眼差《まなざ》しで巴《ともえ》に伝えた。

「それは、君が五年生だからだ。俺《おれ》は、小学四年生にしか興味がない」

「…………」

「…………」

「…………」

ポーカールーム全体が沈黙《ちんもく》した。

「半ば確信していましたが。貴方《あなた》、やはり……」

朱梨《しゅり》が軽蔑《けいべつ》の眼差《まなざ》しで俺《おれ》を射貫《いぬ》く。

そこでようやく、俺《おれ》は自分の発言に大きな語弊《ごへい》があると気づかされた。

「違《ちが》う！　違《ちが》うぞ！　そういう意味じゃない！　本当だったら三年生の方がもっと良《い》いんだ！

理想中の理想は一年生だ！」

「留子《るこ》、通報を」

「やむなしか。さらば和羅《かずら》センセー」

「話を最後まで聞け！」

途中《とちゅう》から朱梨《しゅり》と留子《るこ》は俺《おれ》の言いたいことを正しく把握《はあく》したはずなのに、本当にスマホを取り出すとは冗談《じょうだん》が過ぎる。しかも画面に『110』が打《う》ち込《こ》んである状態じゃないか。

これだから五年生は！

「要するに！　新しく何かを始めるなら若ければ若いほど良《い》いんだ！　だから新規入部を受けるならもっとも理想的なのは一年生だ。けど、この学園はクラブ活動への参加が小学四年生からしか認められないだろ！　なら、その最低ラインである四年生のメンバーしか探す気がないって言ってるんだ！」

いかん、一気にまくし立てすぎた。ここまで慎重《しんちょう》に築き上げてきた『穏《おだ》やかで寡黙《かもく》な担任』という教師像が巴《ともえ》の中で崩《くず》れてしまった可能性が高い。変な誤解を残したままにしておくよりはずっとマシだが。

「……こほん。と、いうわけで。五年生の入部希望は受け付けてないんだよ」

「ごめんっス。こう見えてこのセンセー、あたしらのこと全国トップレベルのチームに育てる気なんスよ」

多少言い方に棘《とげ》を感じつつ、留子《るこ》がサポートに回ってくれて感謝する俺《おれ》だった。チームって、二人しかいないじゃないかとツッコまれると辛《つら》いが。

「そ、そうなんですか……」

俯《うつむ》く巴《ともえ》。どうやらこのままお引き取り願えそうだ。

「でも私、頑張《がんば》りますから！　一年の遅《おく》れくらい取《と》り戻《もど》せるよう、必死でポーカーの勉強しますから！　だから！　例外を認めて下さい！」

今日何度目だろう。留子《るこ》と顔を見合わせるのは。

実際問題、才覚ありと思ったらやぶさかではないのだ。別に五年生を絶対に入部させないと決めているわけじゃない。ただ俺《おれ》と留子《るこ》は巴《ともえ》のババ抜《ぬ》きを見てしまった。

あの素直《すなお》すぎる振《ふ》る舞《ま》いから察するに、巴《ともえ》がポーカープレーヤーとして大成するとは思えない。だからあえて、危険な勘違《かんちが》いをされてまで四年生にこだわってみせたのだ。

「テストして差し上げればいいのでは？　熱意は伝わりますし」

もはや、はっきり『才能がない』と告げるべきか困っていると、朱梨《しゅり》が訝《いぶか》しげに俺《おれ》を見た。

そりゃ、この部員不足で門前払《もんぜんばら》いにしようとするのは不自然だ。気持ちはわかる。なにしろ朱《しゅ》梨《り》はババ抜《ぬ》き見てないし。

でもこの申し出は俺《おれ》にとって助け船になるかもしれないぞ。心ない言葉で傷つけられるよりは、身を以《もっ》て知った方が立ち直りも早いだろう。

「……わかった。部長として朱梨《しゅり》がそう言うなら、それくらいは認めよう。じゃあ巴《ともえ》、今から朱梨《しゅり》と勝負しろ。その結果を見て、入部を許可するか決める」

俺《おれ》がポーカーテーブルを指さすと、巴《ともえ》は大きく目を見開いて喜びを露《あら》わにした。

「あ、ありがとうございます先生！　それに、ええと……朱梨《しゅり》さん！」

「呼び捨てでいいですよ」

にっこり微笑《ほほえ》む朱梨《しゅり》。俺《おれ》も胸の内だけで安堵《あんど》を膨《ふく》らませる。

「それと、お礼を言うのはまだ早いかと。苦手なんです、私。手加減というものが」

これで巴《ともえ》は、完膚《かんぷ》無《な》きまでに力の差を思い知らされることになるだろう。

「勝負は一対一《ヘッズアップ》。巴《ともえ》にわかりやすいよう、チップは互《たが》いに十枚持ち。どのチップも同じ価値だから、互《たが》いに10ポイント持って始めると思ってくれ」

「なるほど、わかりました。これがチップですかぁ。けっこう重い」

緑色のラシャが敷《し》かれたテーブルに朱梨《しゅり》と向かい合って座《すわ》った巴《ともえ》は、物珍《ものめずら》しげにチップを数枚持ち上げる。黒の100ドルチップ。実際は額面上の価値を持ち、例えば5000ドルを細かく切り割りして賭《か》け合《あ》うのが本来のやり方だが、初めての勝負でそれは複雑すぎるだろう。

「……っていうか巴《ともえ》、ポーカーの経験は？」

と、一人で頷《うなず》いていたのだが、もっと先に確かめるべき大前提に気づいた。役すら知らない段階だと、さらに初歩的なところから説明が必要になってくるな。

「大丈夫《だいじょうぶ》です、友達と何度か！　五枚カードをもらって、一回だけチェンジして、ペアとかストレートを作るんですよね？」

結論。初歩ではなかったが、二歩目くらいからの説明が必要なようだ。

「半分正解ってとこかな。それはファイブドローポーカー。たしかにそれもポーカーの一種だけど、今、全国の小学生たちが高校野球に勝《まさ》るとも劣《おと》らない競技人口で火花を散らしている、最もポピュラーな大会ルールとは違《ちが》う」

「えっ？　ポーカーのルールって一つじゃないんですか？」

「違《ちが》う。細かく分けたら何個あるか俺《おれ》でもわからないくらいだ。……とはいえ、とりあえず覚えて欲《ほ》しいのは『ノーリミット・テキサスホールデム』ひとつだけ。入部テストは、そのルールで行う」

「のーりみっと、てきさすほーるでむ……。な、なんだか難しそうですね……」

「そうでもない。ルール自体は簡単だ」

そう、ルール自体は、な。

ポーカーは覚えるのに一瞬《いっしゅん》、極《きわ》めるのに一生。そんな格言があるように。

「そうなんですね、安心しました」

「まず、一番の違《ちが》いから伝える。ファイブドローポーカーでは手札が五枚配られるが、NLH《ノーリミットホールデム》Eでは二枚だ」

「えっ？　二枚しかもらえない？　それじゃ、役はペアだけ……？」

「もちろんそんなことはない。手札が二枚しかない代わりに、コミュニティカードというものがあるんだ。……ここから先は、手札をオープンにしながら実際にゲームの流れを見てもらった方がいいかな。まずは二人とも、場代を払《はら》ってくれ。今回巴《ともえ》が先攻《せんこう》だから、場に一枚チップを、朱梨《しゅり》は二枚チップを出す。これは強制的に支払《しはら》わされる参加料だから拒否《きょひ》できない」

言われたとおりにする二人。ちなみに今回は一対一《ヘッズアップ》なので参加者全員が場代を払《はら》うことになってしまうが、厳密に言うと場代を払《はら》うのは参加メンバーのうち二人だけだ。たとえば九人参加でも場代を払《はら》うのは九人中二人。この、場代を払《はら》う役目を負うポジションのことをそれぞれＳＢ《スモールブラインド》、ＢＢ《ビッグブラインド》と呼ぶのだが、その説明は今のところ割愛《かつあい》。……おそらくもう、巴《ともえ》に指導するタイミングもないだろうし。

朱梨《しゅり》も異存ないようだったので、俺《おれ》がディーラー役になって巴《ともえ》と朱梨《しゅり》に二枚ずつ、表向きでカードを配る。言わずもがな、実戦では裏向きで進行する。

巴《ともえ》には♥9と♠J。朱梨《しゅり》には♣3と♦8が行《い》き渡《わた》った。普段《ふだん》の朱梨《しゅり》なら絶対降りる弱い組み合わせだが、ここは空気を読んで参加してくれるはず。

「この段階からもう駆《か》け引《ひ》きが始まる。今回は巴《ともえ》が先攻《せんこう》だから、先に行動を選んでくれ。選択《せんたく》肢《し》は三つある。勝負から降りてしまう、フォールド。強気にチップをさらに賭《か》ける、レイズ。あとは、朱梨《しゅり》と同じく場代分のチップをもう一枚払《はら》う、コール。ポーカーは相手と賭《か》けるチップの枚数が同じにならないと、勝負を挑《いど》めないルールなんだ」

「フォールドと、レイズと、コール。見た感じ、私の方が強そうですよね……」

「今のところはな。それと、本番は相手のカード見えないから」

「あ、そうでしたね。そういえば」

「今回は説明の便宜《べんぎ》上《じょう》、コールしてくれ。朱梨《しゅり》もレイズなしで頼《たの》む」

「わかりました」

頷《うなず》いてチップを一枚上乗せする巴《ともえ》。

「説明の回ということですので、従います」

二人とも言う通りにしてくれたので、さっそく俺《おれ》は一枚のカードを裏向きに置き、続けて三枚を表にしてテーブルに並べた。

「裏返しで出した最初の一枚のことは気にしないでくれ。イカサマ防止の捨て札みたいなものだから。注目するのは表向きで並んだ三枚のカード」

「えっと。♣Jと、♥Aと、♣6ですね」

「だな。それで、この三枚のコミュニティカードと、自分の二枚の手札。その五枚で役ができているかどうかを確認《かくにん》するんだ」

即《すなわ》ち、ファイブドローポーカーに変換《へんかん》すると、巴《ともえ》は♣6♥9♠J♣J♥Aという手。

対して朱梨《しゅり》は♣3♣6♦8♣J♥Aという手だ。

「じゃあ、私はJのワンペアで……」

「朱梨《しゅり》は役なしのいわゆるブタ。現状でもまだ巴《ともえ》が勝っているな」

「現状……ということは、まだ私の勝ちは決まってないんですか？」

「その通り。この後、ファイブドローでいうところのカードチェンジに当たる進行があるんだけど……またここで駆《か》け引《ひ》きの局面が訪《おとず》れる」

「あ、さっきみたいにですか？」

「そう。今回の選択肢《せんたくし》は二つ。ひとつはチェック。様子見してこのままゲームの進行を場に委ねてしまう。もう一つはベット。積極的にチップを上乗せして賭《か》けて、自分の手は強いんだぞとアピールする。たくさんチップを賭《か》けるほど、相手が乗ってきたら見返りも大きいからな」

そして、その逆も然《しか》り。

「なるほど。私は今、ワンペアがあって、朱梨《しゅり》……は役なしなんですよね」

「くどいようだが、朱梨《しゅり》が役なしなのは本番だとわからないがな」

「はい。でもワンペアができてるなら……ベットします!」

そう言って巴《ともえ》は一枚チップを上乗せした。

本来であればかなり強気だ。なぜなら場にＡが落ちているから。Ｊはワンペアの中で最強とは限らない。相手の手に一枚Ａが入っていればそちらのワンペアの方が強い。

一方、ヘッズアップではペアができたらもう勝負に出るべき、というのもひとつの戦法だったりする。例えば九人もいる中での勝負なら全体の手札の数自体が九つに増えるから、誰《だれ》かにＡがヒットしている確率も格段に上がる。しかし、参加人数が少なくなればなるほど存在する手札の数も減り、役が完成する可能性も低くなる。事実、今回の朱梨《しゅり》は役なしなのだ。だからこの選択《せんたく》自体で巴《ともえ》の才能を量るつもりはない。

「巴《ともえ》がベットした。それを受ける朱梨《しゅり》には例の三つの選択肢《せんたくし》がある。既《すで》に払《はら》ってしまったチップを放棄《ほうき》して降りる、フォールド。これ以上の痛手を避《さ》けるための撤退《てったい》だ。次に、コール。同額のチップを出してゲームの継続《けいぞく》を望むことを意味する。最後にもう一つ……」

「レイズ」

朱梨《しゅり》が流れるような手つきで、チップを二枚場に差し出した。

「えっ……⁉」

巴《ともえ》が驚《おどろ》きの声を上げた。現状なんの役も出来ていないのだからその気持ちはわかる。

そもそも本来の朱梨《しゅり》ならプリフロップ——コミュニティカードが開かれる前の段階でさっさと降りてしまっていたことだろう。だからこのレイズはチュートリアルに協力してくれている側面が強い。

さらに付け足しておくなら、ここからの番狂《ばんくる》わせなんていくらでも起こる。それがNLH《ノーリミットホールデム》だ。

「レイズ……朱梨《しゅり》はチップを上乗せして自分の手の方が強いと主張してきた。これを受けるか否《いな》か、巴《ともえ》はもう一度決めなくてはいけない。諦《あきら》めてフォールドするか、コールするか、さらにレイズ——リレイズするか。どうする？」

「えっと、これ……負けそうなんですか私？」

「いや、はっきり言ってかなり有利だよ。ただ、もし朱梨《しゅり》の手札が見えなかったら？　その時の景色を想像してみて」

「景色、ですか？」

「フロップ——開かれた三枚のカードを見て、もし朱梨《しゅり》が持っていたらすごく強気になるカードは？」

「あ、Aです……ね」

「その通り。もし互《たが》いの手札がわからない状況《じょうきょう》でこのレイズを受けたら、悩《なや》みどころだ。朱梨《しゅり》はAを引き当てたのかもしれない。だからこんなに強気なのかも」

「でも実際は持っていない」

「だからこのレイズはブラフだ。いかにも強い手を持っているように装《よそお》って、巴《ともえ》を降ろしにかかっている。実際はすごく弱いハンドで」

「………」

じっと場を見つめ、固まる巴《ともえ》。

「ポーカー、おもしろい……」

それからぽろりと、そんな言葉を呟《つぶや》いた。

早くもそこに気付けたか。少しだけ、俺《おれ》の中で巴《ともえ》の評価が上がる。合格点に至るほどではないが。

「さて、どうする？」

「コールします」

巴《ともえ》も一枚チップを上乗せして朱梨《しゅり》と同額を賭《か》ける。まあ今降りるという選択肢《せんたくし》はないだろう。

「了解《りょうかい》。これで互《たが》いに賭《か》けるチップの量がつり合った。なら、次の進行に移る」

俺《おれ》はもう一枚、カードを表向きに開いた。落ちたのは♣7。

「これは四枚目のコミュニティカード。ターンカードという」

「先生。手札と合わせて、カードが六枚になっちゃいましたけど……？」

「そうだな。でも必要なカードは五枚だけ。だから、その六枚の中で最も強い役になる組み合わせを探して選ぶんだ。それが現時点での手札になる」

「えっと……。♣7が入るとなると……」

「巴《ともえ》の場合は大して意味のないカードだな、♣7は。こういう手札に影響《えいきょう》を与《あた》えなかったカードのことをラグカードと呼ぶ」

「ラグカード、ですか。朱梨《しゅり》さ……朱梨《しゅり》にとってもラグカードですかね？」

「どうかしら？」

たおやかに微笑《ほほえ》み続《つづ》ける朱梨《しゅり》。答えはノーだ。朱梨《しゅり》にとってはかなり意味のある一枚が、ターンで落ちた。

なぜなら現時点で朱梨《しゅり》は♣3♣6♣7♣J♥Aという手札の選択が可能になり、♣のフラッシュの目が出てきた。相手の出方次第《しだい》では、充分《じゅうぶん》勝負になる状況《じょうきょう》だと言える。

「先生、コミュニティカードはあと何枚出るんですか？」

「次のリバーカードで最後だ。場に五枚、手札に二枚。合計七枚のカードの中から五枚選んで役を作る。それがＮＬＨＥ《ノーリミットホールデム》の基本中の基本になる。全部のカードが開かれる前にみんな降りてしまって勝負がつくこともあるけどな」

この、手札が二枚だけ、全員で共通して使うカードが五枚という状況《じょうきょう》が、ポーカーというゲームに多大な戦略性を与《あた》える。手を読み合う要素がファイブドローに比べて圧倒的《あっとうてき》に増えるから、長期戦を運だけで勝ちきるのは不可能に近い。

駆《か》け引《ひ》きの難しさで言うと、個人的には日本式麻雀《マージャン》を上回るとさえ思っている。仮に麻雀《マージャン》が運七割、実力三割で決まるゲームだとするなら、ＮＬＨＥ《ノーリミットホールデム》は運六割、実力四割くらいではないだろうか。

「………あ、そっか！　……フラッシュ」

かなりの長考の末、朱梨《しゅり》が持つ役の可能性に気づいたようだ。たちまち巴《ともえ》は顔色を悪くする。やはり顔に感情が出やすいタイプなのかもしれない。だとするとやはりポーカープレーヤーとしての適性は低く見積もらざるを得ない。マイナス一点。

「どうする、巴《ともえ》？　チェックか、ベットか」

「………チェックで」

チェックは悪手。ここは朱梨《しゅり》にタダでカードを見せにいってはいけない。大きくベットしてリターンよりも大きいリスクを背負わせるべきだった。まあそこまでの戦略性をテストする気はないから、これで評価は変えないが。

「私もチェックで」

朱梨《しゅり》もこれ以上巴《ともえ》を追《お》い詰《つ》めるのは止《や》めたようだ。さすがに手の内が完全にバレている状態で搾取《さくしゅ》しにかかるのは無謀《むぼう》と見たか。

これが本来の勝負だったら、朱梨《しゅり》ならどうしたか。想像の余地はいくらでもあるが。

「互《たが》いにチェック。賭《か》け金《きん》が成立したのでリバーカードをめくる」

最後の一枚を開いた。

落ちたのは♥J。

「あっ」

思わず声を出したのは巴《ともえ》。朱梨《しゅり》は何事もなかったかのように微笑《ほほえ》んでいる。

「おめでとうございます。セット完成ですね」

朱梨《しゅり》が胸前で手を合わせた。セットというのは3カードのこと。外国でこの役名は使われず、スリー・オブ・ア・カインド。あるいは略式的にセットと呼ばれる。

「結果、巴《ともえ》がJの3カード《セット》。朱梨《しゅり》は場に落ちた二枚のJを使って出来るペアが最高の手だから、Jのワンペア持ちということになる。巴《ともえ》の勝ちだ」

「…………う、うーん」

勝ったのに悩《なや》んでいる様子の巴《ともえ》。Jが落ちるとわかっているならもっとチップを賭《か》けたのに、といったところだろう。このままならなさもまた、ポーカーの醍醐味《だいごみ》である。

「どうだ、巴《ともえ》？」

「おもしろいです！」

ルールと流れはだいたいわかったか、という意の質問だったのだが、違《ちが》う方向から答えが返ってきた。

そうか。となると、今後ますます辛《つら》い体験をさせてしまいそうだ。

本気になった朱梨《しゅり》との駆《か》け引《ひ》きは、心臓をカンナで削《けず》り落《お》とされるような痛みを伴《ともな》うだろう。

それでももはや、俺《おれ》から勝負を止められる状況《じょうきょう》ではない。見守るのみだ。

「それじゃさっそく本番に移ろう、と言いたいところだが。巴《ともえ》は役の強さの順ってカンペキに覚えているか？」

「そ、それが……。実は何ヶ所か怪《あや》しくて」

「じゃあ手役表がいるな。……この部室にあったかなぁ？」

辺りを探《さぐ》ろうとすると、今まで妙《みょう》に静かだった留子《るこ》がひらり、と紙を差し出した。

「そーゆー流れになると思って書いといたっスよん」

「おお。さすが。人の顔色窺《うかが》わせたらナンバーワン」

「なんか棘《とげ》のある言い方ッスね」

「いやいや本気で感謝してるよ。助かる」

俺《おれ》も見せてもらうが、留子《るこ》の書いてくれた手役一覧はとても丁寧《ていねい》でわかりやすかった。これは本当にありがたいな。おかげで準備は万端《ばんたん》だ。

「よし、始めるか。笹倉巴《ささくらともえ》の入部テストを」

「よろしくお願いしますっ！」

立ち上がり、勢いよくお辞儀《じぎ》する巴《ともえ》。

「こちらこそ」

朱梨《しゅり》も優雅《ゆうが》にスカートを持ち上げ、礼を返した。


先ほどと同じように向かい合って座《すわ》る二人。俺《おれ》も同様にディーラーのポジションにつく。

「センセー、カメラ使っていいっスか」

「覗《のぞ》きたいのか？　好きにしろ」

「感謝っス。巴《ともえ》、ひとつお願いがあるっス」

「お願い？　なにかな？」

「カードが手元に来たら、テーブルのフチの所でチラッとめくって見せて欲《ほ》しいっス。そこにカメラついてるんで」

「カメラ……あっ、本当だ」

「朱梨《しゅり》にハンドがバレる心配はしなくていいっス。あたしにだけは筒抜《つつぬ》けっスけどね、ぬふふ」

留子ちゃん特製

チョロくて簡単ポーカー手役表

【きそちしき】

【数字の強さ】

Aが最強で2が最弱っス。もし役なし同士の対決になったらAを持ってる方が勝ち（Aハイって言うっス）。役なしA持ち同士の対決なら引き分けっス。

【スート（♠♥♣♦）の強さ】

ポーカーではスートに優劣はないっス。全部同じ強さっス。

【手役一覧（つよい順）】

【ストレートフラッシュ】

（例）♠6♠7♠8♠9♠10

全部の数字が繋がってて、しかもスートが5枚とも同じ。最強の手役っス。その中でも一番強いのが♠10♠J♠Q♠K♠Aのロイヤルフラッシュっスね。♠はただの例で、他のスートでも強さは変わらないっス。以下同文。

【フォーカード（クワッズ）】

（例）♠5♠9♥9♣9♦9

同じ数字を4枚揃える役っス。あたしたちはフォーカードよりもクワッズって呼ぶことの方が多いっスね。クワッズ同士の対決なら当然数字の大きい方が勝ちっス。めったに起こらないっスが、クワッズの数が同じ時は、残り一枚の数字の強さ（この例だと5）で勝敗がつくっス。

【フルハウス】

（例）♠J♣J♥Q♣Q♦Q

3枚のセット＋1組のペアっス。3枚のセットの数字が同じときは、2枚のペアの数字の大きさで勝敗がつくっス。これもめったに起こらないけどたまーにあるっス。

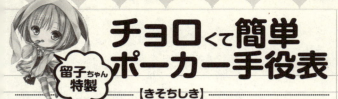

【フラッシュ】

（例）♠7♠8♠J♠K♠A

全部同じスートを揃える役っス。意外と簡単にできそうな気がするかもっスが、ランダムな確率だとこの役ができるのはたった3%っス。深追いは禁物っスよ。フラッシュ同士の対決なら手札の数字の大きさで勝敗が決まるっス。自分がAを持ってたらフラッシュ相手には絶対に負けないっス。

【ストレート】

（例）♠10♥J♥Q♣K♦A

全部の数字が繋がってる役っス。↑がストレートの中では最強っスね。逆に最弱の例は♠A♥2♥3♣4♦5っス。Aは単体だと最強カードだけど、ストレートの『1』としても使えるところに注意っス。あと、♥Q♣K♦A♠2♣3みたいなAまたぎはストレートにならないっス。

【スリーカード（スリー・オブ・ア・カインド、セット）】

（例）♠7♥7♣7♦A♦6

ここからは簡単っスね。同じ数字3枚揃えればスリーカード。あたしたちはセットって呼ぶことが多いっス。セット同士の対決になった時の比べ方はもうわかるっスよね？まずセットの数字を比べて、同じならキッカー（役に関係してないカード）の強さを比べるっス。

【ツーペア】

（例）♠10♥10♥8♣8♦A

ペアが二組っス。ツーペア同士の勝負になったらまずはペア同士の数の比較。それからキッカーの数の比較っス。

【ワンペア】

（例）♠A♥A♥8♣J♦6

ペアが一組っス。比べ方はわかるっスよね。

部屋の端《はし》に退避《たいひ》してPCを開く留子《るこ》。このテーブル内蔵のカメラはギャラリーに対戦者の手の内を伝えるために用意されたものだ。これがあるからポーカーはプレイングゲームとしてだけではなく、ウォッチングゲームとしての地位も確たるものになった。はたしてプレーヤーには本当に勝負手が入っているのか。それとも世紀の大ブラフを打っているのか。全て筒抜《つつぬ》けで観戦するポーカーは本当に面白《おもしろ》く、そして、次は自分もプレーヤー側に立ってみたいという衝動《しょうどう》を強く刺激《しげき》する。このテーブルカメラが、ポーカー普及《ふきゅう》の立て役者になったと、もはや常識のように語《かた》り継《つ》がれている。

小学校の部室にカメラ付きテーブルを常備しているようなところは全国でもそうそうないだろうが。

さておき、ディーラーポジションの足元にもモバイルPCを置くスペースがあるので、俺《おれ》も二人のハンドを確認《かくにん》することは可能なのだが……まあやめておこう。それより巴《ともえ》の振《ふ》る舞《ま》いに注目して、ポーカープレーヤーとしての資質を見極《みきわ》めることの方が大切だ。

「さっきは巴《ともえ》が先攻《せんこう》だったから、今度は朱梨《しゅり》がボタンで良《い》いか？」

「構いません」

「あの、ボタン……って？」

「ああ、すまん」

説明していない用語を使ってしまった。ボタンというのは『ディーラーボタン』の略で、本来は最後に行動を選べるとても有利なポジションのこと。ただし一対一《ヘッズアップ》になってしまうとボタンがＳＢ《スモールブラインド》を兼《か》ねることになるので、一転して最初に行動する側になってしまう……という説明を、

「先攻《せんこう》のことだ。今回は朱梨《しゅり》が先攻《せんこう》で良《い》いかってこと」

俺《おれ》はまるっきり省いた。もし、もう一度説明する必要が生じたらその時に改めて正しく解説しよう。もし、そんな日が来たなら。

「なるほど。それなら私も構いません」

巴《ともえ》からも異存がなかったので、朱梨《しゅり》先攻《せんこう》、巴後攻《ともえこうこう》で勝負が始まる。俺《おれ》は速《すみ》やかに朱梨《しゅり》、巴《ともえ》の順で一枚ずつカードを滑《すべ》らせて渡《わた》す。今度はもちろん裏返しのままだ。

さて、どんなカードが行《い》き渡《わた》ったか。互《たが》いの表情を見比べてみるが判断は難しい。朱梨《しゅり》は飄々《ひょうひょう》としすぎているし、巴《ともえ》は巴《ともえ》でカードに熱視線を送りすぎだ。本来のＮＬＨＥ《ノーリミットホールデム》では巴《ともえ》みたいにカードを握《にぎ》ったままにはせず、一度手を確認《かくにん》したら後は場に伏《ふ》せておくのが慣習なのだが、まあそこは注意しないでおこう。

「オールイン」

なんて呑気《のんき》に眺《なが》めていたら、背筋に電流が走ったような感覚に苛《さいな》まれた。朱梨《しゅり》が、いきなりチップを十枚まとめて前に差し出した瞬間《しゅんかん》に。

「え、えっと。先生。これは」

「……朱梨《しゅり》は全てのチップを賭《か》ける決断をした。受けるなら、巴《ともえ》も全てを賭《か》けるしかない」

答える声色《こわいろ》に苦々しさが混ざっていたことは自分でも気づいていたが、隠《かく》しきれなかった。

確かに、正しいのだ。この局面でのオールインは。

勝負を始めた段階で互《たが》いにチップ十枚持ち。場代が先攻《せんこう》と後攻《こうこう》で一枚と二枚請求《せいきゅう》されるから、一回りするだけでチップを必ず三枚、場に提供しなければならない。つまり、負け続けたら最低の出費に止《と》めたとしても三周で全ての財産が吹《ふ》っ飛《と》ぶ。

言《い》い換《か》えると、お互《たが》いかなりの財政難《ショートスタック》から始まる対決。こういう状況《じょうきょう》に陥《おちい》ったらちまちま小分けにしてチップを賭《か》けるべきではない。ある程度の手でオールインしてしまうのが最も利益的になる。

ポーカー、特にトーナメント形式で行われるポーカーとは、とどのつまり相手のチップを全部奪《うば》いきるゲームだ。手役がどう、とかその辺は二次的な要素に過ぎない。

そして、大量のチップを相手から得るためには、自らも大量のチップを賭《と》す必要がある。シンプルな等価交換《こうかん》。だからこそ、財政難《ショートスタック》に陥《おちい》ったら一気に逆転を狙《ねら》いに行かないと勝ち目がどんどん薄《うす》くなる。

もちろん俺《おれ》だってルール設定した時点でそんなことはわかっていた。しかし、そこは朱梨《しゅり》が『忖度《そんたく》』してくれると思っていたのだ。これはあくまで入部テスト。利益的なプレーを追求する場ではなく、巴《ともえ》の適性を量るのが目的。だから『あえて』一枚ずつレイズやコールの駆《か》け引《ひ》きをしてくれることを期待していた。

しかし朱梨《しゅり》、忖度《そんたく》など欠片《かけら》もなし。あくまでただ、この状況《じょうきょう》で最も利益的な賭《か》け方《かた》を選んできた。

ポーカーで他人に手心を加える少女ではないことは、理解していたつもりだった。しかし俺《おれ》はまだ、朱梨《しゅり》の信念について理解が甘《あま》かったことを思い知る。

絶対に負けるつもりなどないのだ。たとえどんな状況《じょうきょう》で、どんな相手であろうと。

「……では、私もオールインで」

長考の末、巴《ともえ》も全てのチップを差し出す。その判断やいかに。もはや誰《だれ》にも衝突《しょうとつ》を止める権利は失われたが。

「わかった。それなら二人ともカードを表にして手を見せ合うんだ。オールイン対決ではそれがルールだ」

告げると、まず朱梨《しゅり》。続いて巴《ともえ》が二枚のカードを表にする。

朱梨《しゅり》♦9 ♠9。

巴《ともえ》♠6 ♠8
朱梨《しゅり》、ここでペアを引くか。えげつない。しかも数字の上では完全に巴《ともえ》を支配《ドミネイト》している。

巴《ともえ》の方も完全に勝ち目がない並びではないが、しかし。

儀礼的《ぎれいてき》に、俺《おれ》はコミュニティカード五枚全てを並べていく。オールインになったらもはや駆《か》け引《ひ》きのタイミングは残っていない。最後までカードをめくって、手が強い方の勝ちだ。

場に落ちた五枚は、♥A♦7♦2♠K♣K。

両者とも、まったくかすりもしない。こうなれば当然、手札にワンペアのある朱梨《しゅり》の勝ちだ。

厳密に言うと場にKが二枚落ちたので巴《ともえ》もワンペア持ちになるが、朱梨《しゅり》の方はポケットペアの9も合わせてツーペア。ワンペア対ツーペアで朱梨《しゅり》の勝利。

「巴《ともえ》、負けだ」

「…………えっと。なんというか。これですっかり終わりですか？　私の逆転は、もうありえない？」

「ルール上そうなる。全部のチップを失ったからな」

はたして、これで納得《なっとく》して入部を諦《あきら》めてくれるだろうか。

「も、もう一戦！　朱梨《しゅり》さ……朱梨《しゅり》！　もう一戦勝負して！」

くれないよな、そりゃ。ここで食い下がらないようなら、それこそ勝負事の適性がない。

「構いませんよ」

朱梨《しゅり》も即断《そくだん》した。どうやら初めから一戦で終わらせるつもりはなかったようだ。

それもそうか。オールイン対決はどう足掻《あが》いても運の要素を排除《はいじょ》できない。さっきだって、フロップ以降に落ちたカードによっては巴《ともえ》の勝ちになる可能性だってあったのだから。

しかし、それで巴《ともえ》が勝ったとして、俺《おれ》が入部を許可するかというと、答えは否《いな》だ。瞬間的《しゅんかんてき》な運では、ポーカーの強さを量れない。

「べ、ベットです」

「フォールドです」

二戦目は巴《ともえ》の先攻《せんこう》で始まり、朱梨《しゅり》はあっさり勝負を降りた。典型的なプッシュオアフォールド。自分に良《い》い手が入ればオールイン、入らなければフロップを見るまでもなくフォールド。ショートスタックになったらこの戦法が最善手となる。

「オールイン」

「う……。わ、私もオールインで！」

次の手は朱梨《しゅり》が迷わずオールイン。巴《ともえ》が受けて……あっさり朱梨《しゅり》の勝利。

「も、もう一戦お願いします！」

「どうぞ」

再びチップを十枚ずつ分け合って、対決を再開。おそらく朱梨《しゅり》はいくらでも付き合う気だろう。巴《ともえ》の心が折れるまで。

俺《おれ》の中で、自責の念が膨《ふく》らんだ。この後、巴《ともえ》はたまに勝つ時もあるだろうが、最終的にはこっぴどく負け越《こ》してこの場を去ることになる。ポーカーの駆《か》け引《ひ》きや手の読み合いといった緊《きん》張感《ちょうかん》を一切《いっさい》知らないままで。

ポーカーってクソゲー。そう感じて失意を抱《かか》え背中を向ける。それは、俺《おれ》が他人に植え付けて良《い》い感情だろうか。

朱梨《しゅり》を責めるのはお門違《かどちが》いだ。過《あやま》ちを犯《おか》したとすれば、こんなルール設定で入部テストを開始した自分だろう。

間違《まちが》えたかもしれない。いくら巴《ともえ》を入部させる気がなかったとはいえ、ポーカーの醍醐味《だいごみ》を一切《いっさい》伝えることなくポーカーから離《はな》れる人間を生み出してしまうこと。それははたして、俺《おれ》に与《あた》えられた使命を全《まっと》うしていると言えるのだろうか。

「オールイン」

「…………オールイン、です」

結局、朱梨《しゅり》がオールインした回は毎回朱梨《しゅり》の勝ち。巴《ともえ》は運にまで見放され、これで五連続でチップを全て失った。

「どうします？　まだやりますか？」

「お願いします！」

朱梨《しゅり》の問いかけに即答《そくとう》する巴《ともえ》。この粘《ねば》り腰《ごし》は評価したい。が、しかし。このままいくら繰《く》り返《かえ》そうとも進展はなさそうだ。

「降りることも覚えた方が良《い》いですよ」

巴《ともえ》の先攻《せんこう》で勝負が始まろうとした寸前、朱梨《しゅり》が呟《つぶや》いた。

「降りる……フォールドですか」

「例えば私が次の番でオールインしたとします。その時自分の手が充分《じゅうぶん》でないと思ったなら、降りて次の機会を待つべきです」

「でも、降りたら絶対勝てないですよね」

まっすぐに朱梨《しゅり》の目を見据《みす》え、巴《ともえ》が主張した。その実、この発言は正鵠《せいこく》を射ている。ポーカーは降りたら絶対に勝てないというのは、ある種の真理ではあるのだ。

ただしその意味を正しく理解するためには、降りるべき場面を知らなくてはならない。矛《む》盾《じゅん》しているようだが、それがポーカーだ。

「はい。だからこそ待つんです。勝てる手がくるのを。例えば[A][A]……ポケットエースのような最強の手が入った時に、私のオールインを受ければ、まず負けることはありません」
[A][A]。つまり手札がエース二枚の時。大人数対決の時でも強い手だが、一対一《ヘッズアップ》なら必勝に近い状況《じょうきょう》となる。なかなか入る手ではないが、朱梨《しゅり》は極論で以《もっ》て巴《ともえ》の戦法を正そうとしているのだろう。
「[A][A]なら、勝てる？」

「絶対とは言いませんが、負けたらタイミングの悪さを悔《く》やめば良《い》いだけです。待てる我慢強《がまんづよ》さを示せば、あるいは入部の可能性も……」

「では、オールインで」

びくり、とポーカールームに緊張感《きんちょうかん》がほとばしった。

巴《ともえ》がオールインを宣言し、全てのチップを前に差し出した。朱梨《しゅり》から最強のハンドについてアドバイスを受けている途中《とちゅう》で、だ。

我慢《がまん》できず、巴《ともえ》の面持《おもも》ちを凝視《ぎょうし》する俺《おれ》。信念に燃えたまっすぐな瞳《ひとみ》が、変わらず朱梨《しゅり》に向けられている。

振《ふ》り返《かえ》って留子《るこ》の様子を窺《うかが》えば、巴《ともえ》の真意を確かめられるかもしれない。本当にAAが入っているのか、それともブラフなのか。どちらにせよ、ハンドを覗《のぞ》いている留子《るこ》は何かしらの反応を示さずにはいられないはずだった。

だが、やめた。俺《おれ》はひたすら、巴《ともえ》だけを見つめた。

単純に興味が抑《おさ》えられなくなってしまった。これがブラフか否《いな》か、巴《ともえ》自身から答えが示される瞬間《しゅんかん》を、見逃《みのが》したくなかった。

「…………承知です。オールイン」

珍《めずら》しく長考したのち、朱梨《しゅり》も全てのチップを差し出した。

ブラフと読んだか。いや、違《ちが》うな。きっと朱梨《しゅり》も好奇心《こうきしん》で勝負を受けた。いったい巴《ともえ》はどんな手でオールインを宣言したのか。確かめずに終わりたくなかったのだろう。

「二人とも、ハンドを見せて」

伝えた途端《とたん》、ふっと巴《ともえ》の全身から力が抜《ぬ》け、照れ笑いが口元に浮《う》かんだ。

「信じてもらえませんでしたか。やっぱり」

開かれたのは♠2♣6。

「マジかよ……」

あらゆる意味で驚《おどろ》いた。ブタ中のブタと言っても良《い》いほど弱い組み合わせだ。

朱梨《しゅり》の手は、♥J♥Q。この期《ご》に及《およ》んで引きが強い。

フロップであっさりQが落ちて、朱梨《しゅり》にワンペアが完成。そのまま互《たが》いの手は進展せず、勝負は朱梨《しゅり》の勝利。

「……負けました。完敗です」

力なく笑ったまま、巴《ともえ》は席を立ち踵《きびす》を返した。入部テストは落第。そう自分で判断したようだった。

「待って」

その背中を朱梨《しゅり》が呼び止めた。

「は、はい？」

「聞かせて下さい。オールインを宣言した時、貴方《あなた》は何を考えていましたか？」

朱梨《しゅり》からの鋭《するど》い視線にたじろぐ巴《ともえ》。しかしやがて、その面持《おもも》ちには再び笑《え》みが浮《う》かんだ。ただし、今度は少し寂《さび》しさも孕《はら》んでいるように見える。

「降りたら勝てない。勝てなかったら、ポーカーを続けられない。……ただ、そう思い続けてしまいました。私、今まで心の底から夢中になれるものがなくて、ずっと……なんていうか、さびしかったんです。でも、ポーカーをやってみたら……ううん、留子《るこ》のカードに触《ふ》れた時から、なんだかフワッて胸が熱くなる感じがして。……あの時は、カードの絵に夢中になり過ぎちゃったみたいですけど。あはは」

「私に弱い手のオールインだと見抜《みぬ》かれる心配は？」

「不思議とそれはなかったですね……。ただ、勝ちたかった。勝ってポーカーを続けたかった。そのためには今、オールインすればAAだと思ってもらえるかもしれない。それだけを考えていましたけど……ダメだったんですよね、それじゃ」

「合格です」

俺《おれ》の方を一瞬《いっしゅん》たりとも見もせずに、朱梨《しゅり》が宣言した。おい待て、と止めたくなった。なったが、しかし。

「判断そのものは正しいとも間違《まち》ってるとも言えません。けれど、あの決断の早さと、熱意で不安を覆《おお》い隠《かく》せる胆力《たんりょく》。そのどちらもが、ポーカーを学ぶ上で大切な資質となります。部長として、私は貴方《あなた》が欲《ほ》しい。そう考えます……が」

ようやく俺《おれ》に目を向ける朱梨《しゅり》。明らかに判断を仰《あお》いでいない。反論があるならしてみろという、挑戦的《ちょうせんてき》な視線だった。

そして残念ながらと言うべきか否《いな》か。反対意見は浮《う》かばなかった。ババ抜《ぬ》きでは見抜《みぬ》けなかった巴《ともえ》のポテンシャルを、さっきのオールインで俺自身《おれじしん》も感じてしまっていたから。

笹倉巴《ささくらともえ》。面白《おもしろ》い子かもしれない。

「四年生限定解除、してもいいかもしれないいな。君になら」

「ついに五年生に手を出す気になったっスね、センセー。こりゃーあたしの貞操《ていそう》も今日までっスかね」

「お前な……。この期《ご》に及《およ》んで茶化すな……」

留子《るこ》に本気の抗議《こうぎ》をぶつけていると、巴《ともえ》はようやく状況《じょうきょう》が呑《の》み込《こ》めてきたといった様子でだんだんと頬《ほお》を紅潮させていった。

「そ、それじゃ、私……」

「笹倉巴《ささくらともえ》さん。ようこそ、陽明《ようめい》学園初等部ポーカークラブへ」

「ま、とりあえずやってみれば良《い》いっス。向いてないって思ったら、辞《や》めれば良《い》いっス」

朱梨《しゅり》と留子《るこ》が歩み寄り、それぞれ右手を差し出す。

「こ、こちらこそよろしくお願いしますっ! 私、絶対、絶対がんばりますのでっ!」

交互《こうご》に何度もその手を握《にぎ》り返《かえ》し、お辞儀《じぎ》をする巴《ともえ》。

人員問題が今日解決するシナリオはまったく想《おも》い描《えが》いてなかったが、自分でも意外なほど不安や後悔《こうかい》の念は浮《う》かばない。ババ抜《ぬ》きの時につけた最低評価を、あのオールイン一発で覆《くつがえ》されてしまった。

そんな急転直下もまた、ポーカー的で面白《おもしろ》いか。

なんにせよ、三人になった。この事実は大きい。

「……って。あ、ヤバ。もしかしてこれで大会にエントリできちゃうっスか」

「ヤバってなんだ。そりゃ、揃《そろ》ったからにはエントリするさ。今月末締《し》め切《き》りだから危ないところだった。初心者を鍛《きた》えるにはいかんせん時間が足りないが……」

「そのための先生でしょう。それくらいのことができないなら存在価値に疑問を持ちます」

相変わらず朱梨《しゅり》は手厳しい。だが、その指摘《してき》には頷《うなず》かざるを得ない。

「巴《ともえ》。これからかなり詰《つ》め込《こ》み学習を強《し》いることになるけど、ついてきてくれるか？」

「もちろんです！　どんとこいです！」

ぎゅっと両手を握《にぎ》りしめる巴《ともえ》。これだけやる気と熱意があるなら、少なくともへこたれる心配はしなくて良さそうだ。

「わかった。遠慮《えんりょ》なくスパルタ教育させてもらう。……それと、一度実戦を経験してもらった方がいいな。練習試合、どこかと組むか」

「そんなガツガツしなくていいっスよ〜。……と、言いたいところっスが、あたしもコンピュータ相手ばかりでうんざりしてたところではあるんスよね。遊びにいくのはまあ、やぶさかじゃないっス」

いや、遊びにはいかん。留子《るこ》の怠惰《たいだ》さもなんとか改善しなければいけない問題のひとつであることは確認《かくにん》するまでもなかった。実力は確かなのだが、情熱がポーカーに向きっていない。

……いろいろあったから、強く叱責《しっせき》する気にもなれないが。

「急な申《もう》し込《こ》みで受けて下さるところ、ありますか？」

「んー。まあ、なんとかなるだろう」

訝《いぶか》しげな朱梨《しゅり》に呑気《のんき》な返事。実際問題として、その手の交渉《こうしょう》ごとにはあまり心配をしていなかった。

何しろこの部は後ろについているパトロンがあまりにも大きい。

二階堂静《にかいどうしずか》なら、希望を伝えておけばあっさりどこかと話をつけてくれるはずだ。

♠CEOルーム

「楽にしたまえ」

「はっ」

言われるがまま、俺《おれ》は立ったまま『休め』の体勢を取った。昔から思っていたのだが、この型のどこに休まる要素があるのだろう。『気をつけ』と大して変わらない気がするのだが。

もっとも、少しも落ち着く感じがしないのは今置かれている状況《じょうきょう》も関係しているのかもしれないが。

呼び出された瞬《しゅん》間《かん》から違《い》和《わ》感《かん》があった。今日は定例のレポート提出日ではない。用件はおそらくこの前頼《たの》んだ練習試合に関してだろうと推測はつくのだが、そのためだけにわざわざ臨時で招集がかかるというのは、今まで経験したことのない流れだ。

「対戦校はフィエール女学院に決まった」

やはりヘンだ。前置きが一切《いっさい》ない。長話がデフォの二階堂静《にかいどうしずか》がいきなり単刀直入に伝えてくるとは。俺《おれ》はますます緊張感《きんちょうかん》を強くする。

いや待て、それより。戸惑《とまど》っていたせいで反応が遅《おく》れたが、フィエール女学院?

「当然知っている学校だな?」

「はい。ポーカー強豪校《きょうごうこう》ですから。それに……ロウ＝ハミルトンのご息女が在籍《ざいせき》しています」

「その通り」

ロウ＝ハミルトン。シンガポール国籍《こくせき》。日本にＩＲ事業進出を目論《もくろ》む外資系企業《きぎょう》『キング・クラブ』グループの重鎮《じゅうちん》で、日本支社における実質的な最高権力者であると聞いている。

その一人娘《ひとりむすめ》、ハミルトン＝衣奈《えな》は朱梨《しゅり》と幼少期から面識があるそうで、朱梨《しゅり》に対し強い敵意を抱《いだ》いている。一度テニスか何かでボロ負けしたのが原因らしいが、それ以降復讐心《ふくしゅうしん》を枯《か》らすことなく、朱梨《しゅり》の後を追ってポーカーを始めた。

既《すで》に一度、二人の対戦を見る機会があったが、相当な実力者だ。その時勝ったのは結局朱梨《しゅり》で、ハミルトン＝衣奈《えな》はますます敵意をむき出しにするようになってしまったらしい。

そのハミルトン＝衣奈《えな》率いるフィエール女学院との練習試合か。荒《あ》れそうな予感がする。

しかし、相手にとって不足なしではある。人間関係を加味しなければ、二階堂静《にかいどうしずか》は素晴《すば》らしいオファーをしてくれたと言うべきだろう。

「そして厳命だ。勝て。必ずだ」

「…………え？」

一瞬《いっしゅん》喜びかけた自分に幻滅《げんめつ》する。やはり、そこはかとなく感じていた嫌《いや》な予感の方が正しかったらしい。

この段階で既《すで》に悟《さと》らされた。ただの練習試合じゃないな、これ。

「私の、コーチとしての実績を示すためですか？」

「練習試合での勝利を君の実績に勘定《かんじょう》するほど、楽な任務を与《あた》えたつもりはない」

否定されるのはわかっていたが、藁《わら》にもすがる思いで尋《たず》ねてしまった。どうか『その程度』の理由であってくれと、願わずにはいられなかった。

二階堂静《にかいどうしずか》は一度大きく息をつくと、脚《あし》を組みリクライニングチェアに寄りかかった。

「苫小牧《とまこまい》がどうにも泥沼《どろぬま》でな。『キング』と一騎打《いっきう》ちまでは持《も》ち込《こ》めたが、そこからが遅々《ちち》として進まん。お互《たが》い根回し合戦にも疲弊《ひへい》してきたところだ」

これは、新規に誘致《ゆうち》を進めているカジノの話か。そう言えば、苫小牧《とまこまい》はほぼ手中にできたと思っていたところに、ハミルトンから横槍《よこやり》が入ったと忌々《いまいま》しげに語っていたのを前に聞いた。

「そんな時に君から届いたリクエストは、運命的にさえ思えたよ。我々双方《そうほう》にとってな」

「…………と、いいますと？」

おい。ちょっと待て。話がとんでもなくきな臭《くさ》い方向に向かってないか……？

「ちょうど良《い》い機会だ。そろそろ君にも実務を担《にな》ってもらおう。フィエール女学院との練習試合に必ず勝て。そうすれば、『キング』は苫小牧《とまこまい》から手を引く」

「っ⁉」

……正気か、この男は。

まさか。本物のカジノ利権を、娘《むすめ》たち小学生の対戦に、委ねたというのか。

練習試合のブッキングを依頼《いらい》したら、『キング・クラブ』と『デュース・カンパニー』の代理戦争を仕込《しこ》まれていた。そういうことなの……か？

危《あや》うく目眩《めまい》で倒《たお》れそうになった。

完全に頼《たの》む相手を間違《まちが》えた。安直な自らを呪《のろ》いたい。

そうだった。平気でこういうことをする男だ。二階堂静《にかいどうしずか》は。それくらい頭のネジが何本かブッ飛んでいないと、日本有数の大企業《だいきぎょう》を鶴《つる》の一声で動かせないのかもしれないが。受けて立ったらしいハミルトンの方も相当なアレであることは疑う余地もないし、博打屋《ばくちや》のトップは得てして重度のギャンブラーであるという仮説はある種の納得感《なっとくかん》さえある。

とめどなく溢《あふ》れる思考の濁流《だくりゅう》に自ら飛《と》び込《こ》み、俺《おれ》は脳のキャパシティを埋《う》め尽《つ》くそうと試みる。そうでもしないと、考えてしまう。結果が得られなかった時の代償《だいしょう》のことを。

負けたら苫小牧《とまこまい》のカジノ利権が『キング』に渡《わた》るのは確認《かくにん》するまでもない。とてつもない損失だ。その責任を、俺《おれ》はいったいどんな形で取らされる？

「理解したか？　返事は？」

「あ、あの。この前のレポートの通り、新入部員はまったくの初心者で……」

「理解したかと尋《たず》ねている。質問の答え以外は口にするな」

「…………言葉として理解はしました。が、厳しい戦いになることが予想されます」

「君の教育者としての資質が低いからか？」

「………………」

さすがに『はい』とは言えなかった。ポーカーに携《たずさ》わる者としてのプライドもあるし、それに。俺《おれ》にはまだこの男にすがりついてでも叶《かな》えなくてはならない使命がある。

「まあ、君の資質に関しては結果が全てを示すだろう。教育者として優秀《ゆうしゅう》でないならば、盤面《ばんめん》を入《い》れ替《か》えるだけだ」

「……盤面《ばんめん》？」

「君自身が思っているよりも、私は君のことを買っているのだよ。論理的思考力、有事の胆力《たんりょく》、徒手空拳《としゅくうけん》でのブラフ。どれも他の業務に流用可能な能力だ。教師として使えないなら、教師以外として使う。それだけの話にすぎない」

「…………………」

つまり、負けた時の代償《だいしょう》は指導者としての任を解かれるということか……？　となると、ひとつの懸念《けねん》が急浮上《きゅうふじょう》してくる。単なる個人的な意地としてもこんな道半ばで追いやられるなんて考えたくもないが。

「ただ、もし盤面《ばんめん》を変えるとすると一つ不都合が生じる。朱梨《しゅり》のことだ」

「…………」

二階堂静《にかいどうしずか》からその名が出て、俺《おれ》の肩《かた》がこわばる。娘《むすめ》について、まさか愛を語るようなタイプの人間ではない。

「表立って反抗《はんこう》してくることはないが、私の駒《こま》として生きるのに相当な抵抗感《ていこうかん》を抱《いだ》いているようだ。それくらいは会わずともわかる。確率思考を身につけさせるためにポーカーを教えたが、裏目に出たな」

さすが、鋭《するど》い。二階堂静《にかいどうしずか》の言う通り、恐《おそ》らく朱梨《しゅり》は、ポーカーという競技に本気で魅《み》せられた。将来はプロを志したいというのが本音だと、俺《おれ》は読んでいる。

だがそれは、二階堂静《にかいどうしずか》のプランには入っていない。未来の刺客《しかく》となる人物のリストに、朱梨《しゅり》の名前はないのだ。愛娘《まなむすめ》には、もっと重要なポストをあてがうつもりだ。だから、朱梨《しゅり》がその夢を口にしようものなら全力で阻止《そし》される。

朱梨《しゅり》もまたそれがわかっているから、素直《すなお》な令嬢《れいじょう》で居続けている。少なくとも今のところは。

「その点、君を監督者《かんとくしゃ》として娘《むすめ》のそばに置いておけるのは都合がよかった。だがもし、君を別の配置にするとなると、脇《わき》が甘《あま》くなる」

「では、負けた場合……？」

「寮母《りようぼ》でもやってもらうことにしよう」

「寮母《りようぼ》……ですか？」

「いや、男に『母』と言うのはおかしいか。要するに陽明《ようめい》の学生寮《がくせいりよう》の管理人として君の籍《せき》を残そう。育成は他の者に任せ、君は朱梨《しゆり》の監視《かんし》を続けつつ自らの成長に専念したまえ」

「…………………」

声に詰《つ》まる。正直に心境を吐露《とろ》すれば、今頭の中で渦巻《うずま》いていることはたった一つだった。

「話は以上だ」

「……あ、あの。質問が」

「次の予定が迫《せま》っているが、認めよう。一問だけな」

高級腕時計《うでどけい》をチラリと見て鼻を鳴らす二階堂静《にかいどうしずか》。自分の話は長いくせに、他人に対しては厳格な理不尽《りふじん》さを指摘《してき》したいが、そんなことをしたら本題を聞いてもらえなくなるのは確実だ。

「その場合……寮《りよう》の管理人に格下げとなった場合、私の報酬《ほうしゆう》はどうなりますか？」

心配しているのは、金のこと。ただそれだけだった。

俺《おれ》がこの男についていくと決めた理由は、かいつまんでしまえば金払《かねばら》いがよかった。ただそれだけだ。

その前提が崩《くず》れたならば、俺《おれ》は不条理な飼い犬と化すことになる。

「相応なものになる。言われなければわからないか？　後継《こうけい》の育成が君の主たる業務だった。それが失われたら、ある程度の見立てはつくだろう？」

ああ、わかっていたさ。半減どころじゃ済まない。真面目に就職した方がマシだったレベルまで減給されることは、想像に難《かた》くなかった。

だからこそ、狼狽《ろうばい》を隠《かく》せなかった。それはダメだ。必要なのだ、金が。俺《おれ》は今、金のためだけに生きている。どれだけ後ろ指を指されようと、その事実を否定する気すら起こらない。

二階堂静《にかいどうしずか》もそれは重々承知しているはずだ。だからこそ、大幅《おおはば》減給という脅《おど》しこそが俺《おれ》にとって最大の枷《かせ》となることを理解し尽《つ》くして喉元《のどもと》に突《つ》きつけている。

悪魔《あくま》め。冷徹《れいてつ》と知恵《ちえ》だけで組み立てられた、数理の悪魔《あくま》め。

「日程は伝えた通りだ。健闘《けんとう》を祈《いの》る。勝って苫小牧《とまこまい》の利権を手に入れてくれ。言わずもがな、それが最良の結果だ」

「…………はい、必ず」

そうだ。勝つ。勝つしかない。勝てば丸く収まる。勝てば、何も失わずに済む。

対戦まで、約ひと月。あまりにも心許《こころもと》ないが、巴《ともえ》にはそれまでに強豪校《きょうごうこう》と渡《わた》り合《あ》えるだけの実力を身につけてもらう。

できるかどうかなんて自問する余地もない。やるしかない。

Pocket Ace!

HAND 2

笹倉 巴
【ささくら　ともえ】

- ♠生年月日：7/31
- ♠血液型：B
- ♠身長：143cm
- ♠クラス：5年5組
- ♠好きな科目：社会
- ♠好きな手役：まだよくわかっていない
- ♠特技：くすぐりに強い

♠市丸総合病院・廊下

物心がついて、最初に得た感情は『怒り《いか》』だったように思う。特にこの場に連れてこられる度《たび》、俺《おれ》の心の中は怒り《いか》一色で染まり、時には癇癪《かんしゃく》を、時には大粒《おおつぶ》の涙《なみだ》を流していた。場に対する怒り《いか》。それがこの世に生を受けたと自覚してからの原初体験だった。違《ちが》ったとしても、それより前のことは忘れた。

さすがにもうこの場を憎《にく》んではいない。医者も、看護師も、ましてや建物も、敵か味方かに分けるなら味方なのだと理解できる年齢《ねんれい》になった後は、ただやるせなさだけを感じて白で染まった廊下《ろうか》を歩いた。

今ではもう、何も感じない。点滴《てんてき》に繋《つな》がれたまま歩く老人にも、夜勤明けなのか目元に隈《くま》を作った看護師にも、申し訳程度にいくつか置かれた観葉植物にも、俺《おれ》はなんの興味も示すことができない。

慣れてしまったのだろう。当然だ。相応《ふさわ》しいだけの月日が流れた。

だが、それでもふと、時々この場を離《はな》れた後になってようやく行き場のない恐怖《きょうふ》に苛《さいな》まれる。

はたして本当に、慣れただけなのか。

ついに、諦《あきら》めが。俺《おれ》の中で芽生えつつあるのではないか。

すぐに否定してかき消そうとしても、粘《ねば》ついた恐怖《きょうふ》が足元に、指先に絡《から》みついて俺《おれ》を震《ふる》えさせる。

結局、慣れてなんかいないのだろう。本当の意味で見ないこと、目を背《そむ》けることを覚えてしまっただけなのだ。

そうやって先送りにして、なんとか今日まで生きてきた。

ドアの前に立ち、深呼吸。両手で顔面をこねくり回して無理矢理ほぐしてから、ノックを二回。いつものルーチンを崩《くず》さず、俺《おれ》は角部屋の個室に足を踏《ふ》み入《い》れた。

「やあ、雪《ゆき》」

「お兄ちゃん。いらっしゃい」

妹は、森本雪《もりもとゆき》は半身を起こしベッドに腰掛《こしか》けていた。手元には分厚い英文学の古典。眼《め》が醒《さ》めている時に見舞《みま》えてほっとする。気遣《きづか》いではない。自分本位な理由でだ。

六つ年下の妹はその名を表したような白い肌《はだ》の持ち主で、瞳《ひとみ》を閉じて横たわっている時の静《せい》寂《じゃく》は……あまりにも俺《おれ》の心臓に悪い。何度見ても嫌《いや》な意味でドキリとする。

「これ、飾《かざ》って良《い》い？」

「いつもありがとう。お願いしていいかな。…………お給料良《い》いって本当なんだね。高かったでしょ？」

持参した花束を指さすと、雪《ゆき》はほっとしたように笑った。

たとえどんな心ない誹《そし》りを受けようとも、俺《おれ》は雪《ゆき》のことを世界一の美人だと思っている。少し痩《や》せすぎだけど、『整った顔』の最高到達点《さいこうとうたつてん》は、いつでも自分の妹だ。兄妹《きょうだい》でこうも芸術点に違《ちが》いが出るものかと、未《いま》だに苦笑《くしょう》したくなる。

「たいしたことないって。雪《ゆき》が好きそうなのを見繕《みつくろ》ってもらったから、そう見えるだけじゃないか？」

「ふふっ、そうかもね。本当に、私の好きなお花ばかり」

前に持参した花を花瓶《かびん》から抜《ぬ》き、新しいのと取《と》り替《か》えながら俺《おれ》は軽口を叩《たた》く。事実、雪《ゆき》には言いにくいが裏ルートで手に入れた花だから市場価格の数分の一しか金を払《はら》っていない。教え子の一人に生花の仲卸《なかおろし》業者の娘《むすめ》さんがいて、その子に頼《たの》んで直売してもらっているのだ。だから支払《しはら》っている花代という意味では、バイトとポーカーで稼《かせ》いだ金でやりくりしていた大学時代よりもずっと少ない。

ああ、セコかろう。別にセコいと思われることに抵抗《ていこう》はない。

金がいるのだ。なるべくたくさん、なるべく早く。

「……ねえ、お兄ちゃん。何かあった？」

「へ？」

花を飾《かざ》り終《お》わって雪《ゆき》の隣《となり》に腰掛《こしか》けると、いきなり神妙《しんみょう》な顔で問われた。

「なにもないよ。なんで？」

「いつもと違《ちが》う気がする。なんだかそわそわしてるっていうか……」

鍛《きた》えたポーカーフェイスも、雪《ゆき》の前じゃ形なしだ。近頃《ちかごろ》は恒常的《こうじょうてき》に焦《あせ》りを感じながら生きているから、うっかり見抜《みぬ》かれてしまったらしい。

雪《ゆき》もポーカーを覚えれば強いかもしれないな。もしかしたら俺《おれ》以上に。たぶん、勝負事になんて一切《いっさい》興味を持たないだろうけど。

「ねえ、お兄ちゃん。お願いだから頑張《がんば》りすぎないでね。辛《つら》いことがあったら、無理しないで。いつも言っているけど、私はこうやって本さえ読めれば幸せなの。そして、この世には読み切れないほどの本がある。だから私は、いつでも幸せ。いつでもね」

何度繰《く》り返《かえ》したかもわからないやりとりだ。雪《ゆき》が本気で俺《おれ》を心配してることを除けば、だが。

「気のせいだって。大丈夫《だいじょうぶ》。楽しくやってるよ」

なぜ妹は、他人の心配なんてできるのだろう。俺《おれ》だったら、できただろうか。血を分け合った俺《おれ》が、半々の確率でたまたま逆の立場だったとしたら。

二分の一。俺《おれ》が一番忌《い》み嫌《きら》う数字だ。だからたとえ、コンマひとつでも俺《おれ》は常にそれ以上を目指す。どれだけみっともなく足掻《あが》こうとも、コインが裏か表かだけで決まる人生なんて認めたくはなかった。俺《おれ》が表で、雪《ゆき》が裏。全知全能の神が存在するとしても、そんなトスアップは断固阻止《そし》してやる。

今ならばまだ間に合う。今ならば、まだ。

絶えずほつれ続けているロープの上で続く綱渡《つなわた》りだとしても、なんとか今日この日まで歩き続けてこられた。だから、歩みを止めない。

結末は一年後かもしれないし、明日かもしれない。

わからないなら、考えるだけ時間の無駄《むだ》だ。

「本当に？　それなら、いいんだけど」

「めちゃくちゃ良《い》い学校に就職できたしな。メシもうまいし」

「ふふっ。そうなんだ。よかった。小学校の先生って、お兄ちゃんに絶対合ってると思うから」

「雪《ゆき》にそう言ってもらえると心強いな」

今度こそポーカーフェイスで乗り切る。間違《まちが》っても、背水の陣《じん》であることを気取られてはならない。

「うん、お兄ちゃん面倒見《めんどうみ》がいいし、優《やさ》しくていいひとだから子どもに好かれるよ。私、お兄ちゃんと兄妹《きょうだい》でよかったなって、小さい頃《ころ》からずっと思ってたし」

俺《おれ》は曖昧《あいまい》に頷《うなず》いた。

申し訳ないけど、俺《おれ》は雪《ゆき》が思ってくれてるほど『いいひと』で居続けるつもりはないんだ。目的を完遂《かんすい》するためなら、別に配役なんて悪で構わないと、昔から企《たくら》んでいた。

なのに、動揺《どうよう》を読み取られてしまったのは反省すべきことだ。

きっとまだ、覚悟《かくご》が甘《あま》い。

ちゃんと肚《はら》を決めろ、森本和羅《もりもとかずら》。もはや賽《さい》は投げられた。

求める結果だけに、身を殉《じゅん》じるのだ。

◆二階堂家・別荘

雇用主《こようぬし》がシビアなビジネスを求めてくるのだから、こちらとしても結果に繋《つな》げるための施策《しさく》はためらいなく提案するしかない。

というわけでまだ初心者同然の巴《ともえ》にポーカーの基礎《きそ》を叩《たた》き込《こ》むため、週末の合宿を学園と二《に》階堂静《かいどうしずか》両方に企画《きかく》提案したところ、拍子抜《ひょうしぬ》けするくらいあっさりアゴアシつきで受理された。

ちゃんと目的に沿った内容と判断してもらえれば、金とコネに糸目はつけないということか。

そういう面に関しては非常に楽で助かる。

「朱梨《しゅり》のおうちの別荘《べっそう》って南房《なんぼう》にあるんだね」

「軽井沢《かるいざわ》まで出るのも時間が勿体《もったい》ないので、こちらにしてもらいました。遊びに行くわけじゃありませんし」

「えー合宿と言えば本来の目的を忘れて遊びほうけるのが醍醐味《だいごみ》じゃないっスか。あたしクルーザー乗りたいっス」

ワゴン車（ドイツ製高級車の中でいちばん有名なエンブレムがでかでかと輝《かがや》いているやつだ）の後部座席から穏《おだ》やかな会話が聞こえてくる。ボーッとしていると聞き流してしまいそうになるが、よく吟味《ぎんみ》すればいちいちツッコミどころが多い。

まず巴《ともえ》、別荘《べっそう》があるのがそもそも前提という尋《たず》ね方《かた》。ときどき忘れそうになるが、陽明《ようめい》に通っている以上巴《ともえ》の家も裕福《ゆうふく》であることは間違《まちが》いない。きっと別荘《べっそう》という存在に特別感などいっさい感じていないのだろう。

そして朱梨《しゅり》。別荘《べっそう》が複数あることを飄々《ひょうひょう》とカミングアウト。そりゃ二階堂《にかいどう》家なら不思議な話ではないが、さっきの発言が自慢《じまん》げに聞こえないか心配している様子すら皆無《かいむ》だったのが逆にすごい。別荘《べっそう》なんて複数あって普通《ふつう》、という世界に生きている証拠《しょうこ》だ。

留子《るこ》は留子《るこ》でクルーザーの有無《うむ》を確認《かくにん》すらしない。そりゃ海辺の二階堂《にかいどう》家にはあるんだろうが。とびきりデカいのが。

などと心の中で住んでる世界の違《ちが》いについて呆《あき》れてしまっていたせいで最も俺《おれ》が指摘《してき》すべき要素をスルーしそうになった。危ない。

「留子《るこ》、遊びに行くんじゃない。今回は四六時中ポーカー漬《づ》けを覚悟《かくご》してもらう」

「えー。たかだか練習試合で大げさっス……」

うんざりして舌を出す留子《るこ》。確かに部員にとって、控《ひか》えているのはただの練習試合だろう。

しかし俺《おれ》の方としてはもはや絶対に負けられない戦いに仕立て上げられてしまったのだ。ここは熱血教師を演じてでも成果を挙げうる合宿をプロデュースしなくては。

「俺《おれ》はポーカー強豪校《きょうごうこう》を作るためにこの部へ来た。職務はきっちり果たさせてもらう」

あえて冷たく言い放つ。

迷いに迷った末、俺《おれ》は部員全員に『代理戦争』の存在について知らせていない。シビアなゲームに慣れていない巴《ともえ》はプレッシャーで我を失《テイルトし》ってしまう可能性が高いし、留子《るこ》にも絶対にケアしなければならない『弱点』がある。そのことを思うととても余計なモノを背負わせる気にはなれなかった。

そして朱梨《しゅり》。父親に政治利用されてると知ったらかなりの反抗心《はんこうしん》を抱《いだ》くだろう。性格上わざと負けることはないはずだが、いくら朱梨《しゅり》でも平常心を保って勝負に挑《いど》めるかどうか。

各々《おのおの》の状況《じょうきょう》を鑑《かんが》みて、余計な情報は呑《の》み込《こ》んでおくのが妥当《だとう》だと判断した。

「お。ここっスね」

車が停止すると、巨大《きょだい》な鉄扉《てっぴ》が自動でゆっくり開いていく。

そのまま僅《わず》かに前進。まず、俺《おれ》たちを迎《むか》えてくれたのは巨大《きょだい》な噴水《ふんすい》を中心に据《す》え、カスケード調の段差が設けられた庭一面のプールだった。

面積は陽明《ようめい》の体育館半面くらい。……スケール感がおかしい。

「こりゃあなかなかいいモノをお持ちで。ほらほら巴《ともえ》、泳ぎたくなってきたんじゃないっスか」

「…………………」

煽《あお》る留子《るこ》に応えず、無言で外を見つめ続ける巴《ともえ》。

こういう表情をうずうずしていると表現するのだろうな、と典型例を教えてもらった気分だった。

「まだ五月だぞ。泳ぐには早いだろう」

しかりあげても逆効果になりかねない。俺《おれ》は論理的に宥《なだ》めることにした。

「温水出ますから大丈夫《だいじょうぶ》ですよ」

作戦は朱梨《しゅり》の一言により瓦解《がかい》。なぜ子どもたちの味方を……。朱梨《しゅり》、結局お前も無邪気《むじゃき》な小学生なのか。泳ぎたいのか。

「いくらポーカー漬《づ》けと言っても、運動不足は記憶力《きおくりょく》やクリエイティビティに悪い影響《えいきょう》を与《あた》えるとエビデンスが出ています。タイムテーブルに運動を含《ふく》めないのは理にかなっていません」

恨《うら》み節《ぶし》を視線に込《こ》めると見透《みす》かしたような反論が。ぐうの音も出なかった。

「まあ、私はランニングでも良《い》いんですけど」

「断然スイミングっス！　……っスよね巴《ともえ》？」

「う、うん。せっかく水着も持ってきたし……えへへ」

持ってきたんかい。

教師歴半年をようやく超《こ》えた俺《おれ》だが、小学生をアンダーコントロールに置けるようになるのは、当然ながらまだずっと先の話のようだ。

♣別荘・リビングルーム

「巴《ともえ》、そこはもうオールインです」

「えっ？　手が弱すぎない？」

「あー、そのペア[7]はオールインっスね。経験浅いウチは尚更《なおさら》っス」

感想戦で巴《ともえ》のプレーを両脇《りょうわき》から窘《たしな》める朱梨《しゅり》と留子《るこ》。二人とも口調は柔《やわ》らかで責めるようなニュアンスではなかったが、ここは俺《おれ》からもちゃんと説明を付け足しておいた方が良《い》いかもしれない。

「巴《ともえ》、トーナメントルールのブラインドレベルについては理解したよな？」

「は、はい。時間ごとに、ブラインドの額が増えていくんですよね」

ブラインド——即《すなわ》ち、テーブルに座《すわ》っている人間のうち二人が必ず払《はら》わなければならない場代。その場代が、トーナメントルールでは時間を追うごとに増えていく。たとえばＳ　Ｂ《スモールブラインド》が50ドル、Ｂ　Ｂ《ビッグブラインド》が１００ドル場代を支払《しはら》うルールだったのが、一時間後にはその倍、Ｓ　Ｂ《スモールブラインド》が１００ドル、Ｂ　Ｂ《ビッグブラインド》が２００ドル払《はら》わなければならない、といった具合にだ。

これは勝負を避《さ》けてばかりでモンスターハンドでしか参加しないプレーヤーが出現するのを防ぐ目的がある。無駄《むだ》に時間を浪費《ろうひ》されても興ざめだし、駆《か》け引《ひ》きではなくたまたま配られるカードの良さに結果を委ねられると千日手みたいな状況《じょうきょう》になってしまう。つまり、過度に結末を先送りにされる問題を解消するのに意味を持つのだ。

で、今の勝負は既《すで》に巴《ともえ》が劣勢《れっせい》。BB《ビッグブラインド》が200ドルだったのに対し、持ちチップが2000ドルしかない状況《じょうきょう》だった。

「何回BB《ビッグブラインド》でのプレーに耐《た》えられるか……というのを、そのまんま○○BBって言うんだけど、今の巴《ともえ》は10BB以下だ。十回、BB《ビッグブラインド》のポジションを乗り切れない……言葉を選ばなければ財政難《ショートスタック》の状況《じょうきょう》。そこはわかってたよね？」

「は、はい。なんとかしなきゃ……って焦《あせ》ってはいたんですけど、7のポケットペアじゃさすがに弱すぎるかなって思って、とりあえずコールを」

自分の手の内にポケットペアがあるのに『弱さ』を感じられるようになったのは確かな成長だ。むしろ巴《ともえ》くらいのポーカー歴なら、状況《じょうきょう》を読みもせずペアなら大勝負、という思考に陥《おちい》ってしまうタイプの方が多い。だからその感覚自体は褒《ほ》めてあげたい。

「うん、だいぶ押《お》し引《ひ》きのバランス感はよくなってると思うよ。でも10BB以下のショートスタック……チップ不足になったらもう7のポケットペアでも勝負だ。一か八かになろうとも、これ以上待っていたら他のプレーヤーにとって脅威《きょうい》ではなくなってしまう。簡単に飛ばせる相手には、ローリスクでプレッシャーをかけられるからね」

「ブラフのクズ手で攻《せ》めやすくなるッス」

「コールされたところで負けても痛手は少ないですし、運がよければブラフの手で勝ててしまうこともありますからね」

留子《るこ》と朱梨《しゅり》も説明に加わってくれる。つまるところ、文無し寸前になったらどのみちごり押《お》しで圧殺されてしまうので、既《すで》にそれなりの手でも特攻《とっこう》するしかない状況《じょうきょう》に、巴《ともえ》は陥《おちい》っていたのだ。

「なるほど……。でも、なんだか悔《くや》しいですね。こんなに早く運に全てを任せなきゃいけないなんて」

「気持ちはすごくわかる。せっかくいろいろテクニックを覚えてきたところだしな。だから、より戦略的に勝負したいならひとつの鉄則を守らなきゃいけない」

「鉄則ですか。それは？」

「ショートスタックにならないことっスよ。チップが充分《じゅうぶん》にあれば自由に戦えるっス」

「うう、二人相手に無茶言わないでよぉ」

「まあまあ。覚えたてなのだから仕方のないことです。むしろその悔《くや》しさをバネにしてくれることを願って、私も留子《るこ》も手加減《てかげん》抜きで勝負しているのですから」

朗《ほが》らかに語り合う三人。練習試合まで十日を切って、巴《ともえ》も基礎《きそ》戦略《せんりゃく》の大部分を身につけてくれた。充分《じゅうぶん》に称《たた》えてあげられるだけの急成長と言えるだろう。

「……あ、そういえばなんですが。私はさっき2000ドルしか持ってませんでしたけど、もし先に、例えば留子《るこ》が5000ドル賭《か》けたりしていたら、もう私はオールインできないんですか？」

「しまった。そういえば説明してなかったな。結論を先に言うと、できる。オールインの時だけは、自分の持ちチップが相手の賭《か》け額《がく》に満たなくても勝負を挑《いど》めるんだ」

「挑《いど》めるんですね。それで勝ったら、私は7000ドル手に入るんですか？」

「そこまでは甘《あま》くない。あくまで手に入れる権利があるのは自分が賭《か》けたチップと同額。賭《か》けたのが2000ドルなら、オールイン勝負で勝って手に入るのは4000ドルだ」

「そんで、あたしは負けても3000ドル戻《もど》ってくるっス」

「う、うーん。わかったようなわからないような……」

　この辺のオールインの扱《あつか》いに関しては頭で考えるより実戦を繰《く》り返《かえ》した方が理解が早いだろうな。ルールが単純なＮＬＨＥ《ノーリミットホールデム》において、ともすれば最も複雑な箇所《かしょ》だ。逆に言うとこれ以外には特に戸惑《とまど》うポイントもない。

「とにかく、自分のチップが少ない状態でも、オールインの時だけは相手がいくら賭《か》けていようと参戦できる。まずはそれだけ覚えておいてくれ」

「わ、わかりました！」

元気の良い《い》返事。巴《ともえ》のモチベーションの高さには本当に助けられている。説明しがいがあるから、俺《おれ》の方も焦燥感《しょうそうかん》より指導欲の方を前に出して練習に参加できるのだった。

とはいえ、フィエール女学院にこの三人で勝てるかを考え出せば、俺《おれ》はとたんに頭痛を堪《こら》えきれなくなるのだが。

誰《だれ》も悪くない。前提条件が悪い。

二階堂静《にかいどうしずか》にしてみれば、これくらいの無理難題を超《こ》えてみせる才能がなければ、俺《おれ》に興味はないということなのだろうが。

少なくとも、ポーカートレーナーという立ち位置においては。

「一休みしましょう」

「わかりました。……うーん、なかなか勝てないなあ」

「や、そろそろあたしより強いんじゃないんスか？　楽しみっスね、巴《ともえ》のデビュー戦」

留子《るこ》が冗談《じょうだん》めかすと、巴《ともえ》は頬《ほお》を膨《ふく》らませる。本人も実際に強いのがどちらなのかは把握《はあく》しているから、からかわれたとすぐにわかったのだろう。

微笑《ほほえ》ましい光景。そう受け止めて俺《おれ》も微笑《ほほえ》みで応じたかった。とてもじゃないがそんな余裕《よゆう》はなかったが。

どうすべきだ。いかに巴《ともえ》の経験不足をケアして、朱梨《しゅり》と留子《るこ》にチップを積み上げてもらうか。難しい判断が、すぐそこまで迫《せま》っていた。

❤別荘・プール

「ほーれほれ。発育測定の時間っスよ〜」

「や〜め〜て〜よ〜！」

朱梨《しゅり》の一存でプールに移動した部員たち。俺《おれ》のアイデンティティについてはあえて考えないことにする。確かに記憶《きおく》を定着させ、集中力を回復させるのに運動が有効であることは俺《おれ》だって知っている。まがりなりにも教師である。

「つかまえたっス。そんな掴《つか》みやすい水着着てるからっス」

「だってこれしかないんだもん！」

健全な教師として目のやり場に困る光景だ。二階堂《にかいどう》家の使用人の方たちが大勢で監視《かんし》してくれているので俺《おれ》は安心して留子《るこ》と巴《ともえ》から目を逸《そ》らす。ちなみに巴《ともえ》の水着は学校指定の紺色《こんいろ》ワンピースで、留子《るこ》は花柄《はながら》でパレオつきの南国仕様だ。どちらが掴《つか》みやすいか。真面目に考えると諸説生まれそうである。断じて真面目に考えないが。

「あっ⁉　ちょ、ちょっとタンマっス」

あ。留子《るこ》の水着の上の方がとれた。もちろん紳士《しんし》の極《きわ》みたる俺《おれ》は咄嗟《とっさ》に目を逸《そ》らしたので以後入ってくる情報は音声のみとなる。

「ふっふっふ。仕返しタイム〜！」

「水着返すっス！　待つっスよ！」

「待たないよ〜。えへへ、鬼《おに》さんこち……はうっ！」

「巴《ともえ》、遅《おそ》すぎっス。水上のハイローラー留子《るこ》ちゃんを甘《あま》くみたっスね。さあ、仕返しさせてもらうっスよ！」

「み、水着おろさないで〜！　返す、上の方返すからやめてよ〜！」

……。そろそろ、見守っていらっしゃる二階堂《にかいどう》家おつきの女性がたは仲裁《ちゅうさい》に入って下さらないものだろうか。もしかすると、朱梨《しゅり》の問題以外はよほど人命に関わらない限り無反応を決《き》め込《こ》むつもりかもしれないが。

「どうしたものか」

俺《おれ》はパラソルの裏側を見上げながら呟《つぶや》いた。留子《るこ》と巴《ともえ》の水着問題についてではない。練習試合の乗り切り方について悩《なや》み続《つづ》けていた。小学生は踊《おど》れど進展なし。クリエイティビティを高めるためビールの一本でも注文してしまいたい気分だ。もちろん冗談《じょうだん》、冗談《じょうだん》だが。

「――――――っ。――――――っ」

朱梨《しゅり》はいちゃつく二人に我関せずで、ひたすら本気のクロールを続けている。こんな時でも真面目一辺倒《いっぺんとう》。朱梨《しゅり》の方は逆に小学生なのだからもう少しゆとりを持った生き方をしてもいいのではと思う。

環境《かんきょう》がそれを許さないのだろうが。そしてこの俺《おれ》が指摘《してき》できる問題ではない。まさしくどの口が言うのだ案件になってしまう。

「ふーっ」

悠々《ゆうゆう》一キロほどを泳ぎ切って、ようやく朱梨《しゆり》がプールサイドに上がってきた。純白のセパレート水着が、黒髪《くろかみ》と長身にマッチして、美しく水を滴《したた》らせている。

「…………」

あ、やば。目が合ってしまった。

「…………」

睨《にら》まれた直後、プイと顔を逸《そ》らされる。……マズいなあ。絶対変な目で見ていたと勘違《かんちが》いされた。

胃痛の種がまたひとつ増えてしまった。

ますますヤケクソでビールを頼《たの》みたくなる。頼《たの》まない、頼《たの》まないが。

❤別荘・廊下

「ダメだ、眠《ねむ》れん……」

宛《あて》がってもらった客室から出て、お手洗いを目指す。たしか屋敷内《やしきない》に五つくらいあるという説明だったが、俺《おれ》の部屋からはどれもそれなりに遠い。

……いや、その事実に悪意を感じたりするほどパラノイアではない。偶然《ぐうぜん》、偶然《ぐうぜん》だろう。

そんなことはどうでもよく、そろそろ睡眠薬《すいみんやく》でも処方してもらわないと日常生活に支障が出そうだ。抜《ぬ》けない疲《つか》れを携《たずさ》えたまま、俺《おれ》はお手洗いまでフラフラと歩く。

「ここだったな、確か」

無事、誰《だれ》にも見つかることなく到着《とうちゃく》。見つかって困るわけではないが、いろいろ気を使われるのが今は逆に億劫《おっくう》だった。

さっさと用を済ませてしまおう。勢いよく扉《とびら》を引き開ける俺《おれ》。

「ふにゃ？」

巴《ともえ》がいた。足首の辺りまでパジャマを下ろし、便座に腰掛《こしか》けている巴《ともえ》が。

「っ⁉」

慌《あわ》てて、しかしなるべく音をたてないようにゆっくり扉《とびら》を閉めようとする俺《おれ》。

「巴《ともえ》、お手洗いは見つかりましたか？」

「っ⁉⁉⁉」

その時背後から忍《しの》び寄《よ》る足音と、朱梨《しゅり》の声。まずいまずすぎる！　こっちに向かってきている！　おそらくすぐ傍《そば》の曲がり角まで朱梨《しゅり》が迫《せま》っている。

どうする。どうする。

まさに進退窮《プッシュオアフォールド》まれりな状況《じようきよう》。しかし諦《あきら》めたらかなりの確率でお縄頂戴《なわちようだい》だ。もはや巴《ともえ》が入っているお手洗いの前から退避《たいひ》するどころか、扉《とびら》を閉め直す猶予《ゆうよ》すらない。

ならば、あえて……押《お》す！

俺《おれ》は閉めかけていた扉《とびら》をあえて開き、お手洗いの中に飛《と》び込《こ》んだ。すかさず俯《うつぶ》せでヘッドスライディング。

よし、ビンゴだ。これほどの豪邸《ごうてい》のお手洗いなのだから当然相応以上の広さがある。巴《ともえ》の足元に潜《ひそ》んでも身体《からだ》に触《ふ》れてしまう心配はないと踏《ふ》んだが、思った通りだった。

「……ふにゅー」

そしてもう一点俺《おれ》に有利な状況《じようきよう》。さっきチラリと見た感じ、巴《ともえ》は明らかに寝惚《ねぼ》けていた。もしかしたら俺《おれ》の闖入《ちんにゆう》に気づかないのではという希望的観測もまた、無事叶《かな》ったようだ。

想定外なこともあった。頭から突《つ》っ込《こ》んだその場所に、巴《ともえ》が足首まで下ろした下着とパジャマが。つまり俺《おれ》の顔面は今、包まれている。小学生の下半身から産地直送の、白き布にすっぽりと。

それでもまだ、叫《さけ》び声《ごえ》はない。選べたのだ、唯一《ゆいいつ》の生存ルートを。

『巴《ともえ》、いますか？』

未《いま》だ命運は風前《ふうぜん》の灯火《ともしび》ではあるけれど。

「…………いるよ～」

朱梨《しゅり》の呼びかけに、かなりのタイムラグで答える巴《ともえ》。声色《こわいろ》からして、俺《おれ》に気づいた気配はない。頼《たの》む、なんとか、なんとかこのまま……。いや断じて下着の中で『このまま』を願っているわけではないが！

とにかく朱梨《しゅり》が去るまで、巴《ともえ》に発見されないことを心の底から願う。

それにしても、迂闊《うかつ》だった。確認《かくにん》もせずに扉《とびら》を開いてしまった俺《おれ》の重大な過失がこの状況《じょうきょう》を招いた。

しかし、巴《ともえ》よ。頼《たの》むから鍵《かぎ》かけといてくれ……。

『よかったです。部屋まで一人で帰れますか？』

「かえれるよ～……………ふにゅ」

待ち続ける。俺《おれ》の人生の結末を確かめるために。

『わかりました。では先に戻《もど》ってますね』

朱梨《しゅり》の足音が遠ざかっていく。俺《おれ》はギリギリまで待って、ようやく巴《ともえ》の下着から顔を離《はな》すと匍匐《ほふく》で全速前進。扉《とびら》を開いて退避《たいひ》。しばし耳をそばだて、巴《ともえ》の反応を待つ。

『…………………ふにゅー』

牧歌的な吐息《といき》。よかった、どうやら今度こそ賭《か》けに勝ったようだ。

負けていたら大変なことになっていた。危険を冒《おか》した見返りは相当に大きいものとなった。

「……なんの合宿だったのやら」

部屋に戻《もど》りながら、盛大《せいだい》なため息。結局、こんな短い期間で巴《ともえ》の大幅《おおはば》なレベルアップなど望めるべくもなく。半分は自己満足で組んだ特訓だったという評価を下さざるをえない。

「自己満足、か」

その単語と、なぜか先ほどの白いぬくもりが脳内でリンクした。慌《あわ》てて何度も頭を左右に振る。いかん。追《お》い詰《つ》められすぎて激しく狼狽《ティルト》してしまっているようだ。

落ち着け、俺《おれ》。まったく成果がなかったわけではないし、まだ時間はある。練習試合当日まで、可能な限りの指導を続けるのだ。

決意を固め、部屋に戻《もど》る。

結局、この夜は一睡《いっすい》もできなかった。

❤陽明学園・並木道

「巴《ともえ》。ごきげんよう」

合宿から戻《もど》った後も毎日部活に精を出し、巴《ともえ》の実力底上げに全精力を注いできた。今日も遅《おそ》くまで活動した後、帰《かえ》り支度《じたく》をして正門に向かっていると、十字路でその当人と出会った。歩いていく方向からして、おそらく寮《りょう》へ向かうところだったのだろう。

「和羅《かずら》先生。ごきげんようですっ。今日もありがとうございました」

「こちらこそありがとう。詰《つ》め込《こ》み学習なのについてきてもらえて助かってるよ」

「やる気だけは負けていられませんので！　……でも」

ぎゅっと両手を握《にぎ》りしめ気合いを表に出したかと思えば、不意に巴《ともえ》はその手を口元にもっていき、躊躇《ためら》うような仕草を見せた。

「どうかした？」

「他の二人に少し申し訳ないかなって……。部活中ほとんどの時間、私が先生を独占《どくせん》してしまっていて、二人はずっとコンピュータ対戦で」

「あー。それは全然気にしなくて良《い》いと思うぞ。二人だって、巴《ともえ》に早く上達してもらいたいって願ってるだろうし」

謙虚《けんきょ》で良《い》い子だな、と素直《すなお》に思った。巴《ともえ》の加入で、陽明《ようめい》ポーカークラブに新風《ふ》が吹いたことだけは疑いようがない。なんせ長らく、曲者中《くせものちゅう》の曲者《くせもの》みたいなのしかいなかったわけで。

「だといいんですが……。先生にも、申し訳ないです。私みたいになんの取り柄《とえ》もないと、教え甲斐《がい》がないんじゃないかと」

「それは完全に思《おも》い違《ちが》いだな。自分でも言ってただろ。巴《ともえ》には熱意がある。そして素直《すなお》だ。教える側としてはいちばん有《あ》り難《がた》いタイプだよ。斜《しゃ》に構えてプライドが高い相手の方がよっぽど困る。……それに」

「それに？」

「もしかしたら気に障《さわ》るかもだけど。……巴《ともえ》ってあんまりお嬢様《じょうさま》ぽくないからさ、話してて楽で落ち着く」

迷いつつ、俺《おれ》は頬《ほお》を掻《か》きながら伝えた。皮肉に受け止められなければいいのだが。

「えへへ。それ、昔からよく言われます。……よかった、です。和羅《かずら》先生にもそう思って頂けたのなら」

照れ笑いを浮《う》かべる巴《ともえ》。どうやら心配は杞憂《きゆう》に終わったようだ。

「それじゃ、お疲《つか》れ。また明日頑張《がんば》ろうな」

ほっとして、俺《おれ》は再び歩き出そうとする。

「あのっ！」

「ん？」

巴《ともえ》に呼び止められた。一瞬《いっしゅん》、強い風がさあっと吹《ふ》き抜《ぬ》ける。

「こんなこと、訊《き》くべきじゃないかもしれないんですが……」

「なんだ？　別に何訊《き》かれても怒《おこ》らないぞ？」

冗談《じょうだん》めかして伝えると、巴《ともえ》はしばし黙《だま》り込《こ》んだのち、意を決して俺《おれ》をまっすぐ見上げた。

「先生と朱梨《しゅり》なんですけど。……仲、悪いんですか？」

「あー」

天を仰《あお》ぐ。そりゃ、これだけ長い間同じ空間を共有してると違和感《いわかん》は避《さ》けられないよな。

「なんでそう思った？」

「部活の時、ほとんど会話しないですし。……それどころか朱梨《しゅり》はかならず、先生から距離《きより》を取って座《すわ》ることが多い気がして」

鋭《するど》い観察力だ。やはり当初の見立てはだいぶ間違《まちが》っていて、巴《ともえ》はポーカーの適性が高い。最近ではそっちの印象の方を強く持っている。

「仲は悪くないよ。……朱梨《しゅり》が俺《おれ》のことを認めてないだけだ。たぶんな」

「認めてない？」

どんな言葉をもってすれば、巴《ともえ》に納得感《なっとくかん》を与《あた》えることができるだろうか。

「ま、心配しなくても大丈夫《だいじょうぶ》ってこと。これ以上ギクシャクすることはない。たぶんずっとこのままだ」

そしてたぶんずっと、これ以上距離《きょり》が近付く瞬間《しゅんかん》も訪《おとず》れない。一生の平行線を、俺《おれ》と朱梨《しゅり》は歩むことになるだろう。

「それなら、いいんですが……？」

どこか自分の言葉に自信がなさそうな巴《ともえ》。それ以上の説明を打ち切って、俺《おれ》は手を上げ今度こその別れを告げた。

「ごきげんよう、また明日」

「……ごきげんよう、です。和羅《かずら》先生」

また一つ、狡《ずる》さを身につけてしまった気がして、歩きながらため息が漏《も》れる。

もはやいちいち自己嫌悪《じこけんお》なんて感じないかと思っていたが、巴《ともえ》の前では難しい。

「良《い》い子なんだよな」

俺《おれ》は、何度目とも知れぬ思いを振《ふ》り返《かえ》らないまま呟《つぶや》いた。

♠リムジン車内

いよいよ訪《おとず》れた練習試合当日。俺《おれ》たちは二階堂《にかいどう》家にリムジンを差し向けてもらって、試合会場となるフィエール女学院に向かう。合宿の時と車が違《ちが》うことにはもはやいちいちツッコまないでおく。

「巴《ともえ》、ルールの最終確認《かくにん》だ」

「はい、よろしくお願いします！」

コの字形のシートで向かい合って伝えると、巴《ともえ》は前のめりになりながら頷《うなず》いた。

「今回は『ヘッズアップ・リレー』形式の対戦になる。全国大会の決勝戦でも用いられるルールだから、しっかり覚えておいてくれ」

「それぞれ三人ずつが順番に一対一《ヘッズアップ》で戦うんですよね」

「そう。そしてチップは共用だから、先鋒《せんぽう》がオールインして飛んだらそれで試合終了《しゅうりょう》だ。持ち時間は一人三十分。先鋒《せんぽう》がまず三十分戦い、次に中堅《ちゅうけん》が三十分。大将も三十分戦って決着をつける。大将が三十分戦ってどっちもチップが残っていたら、より多くチップを所持している方が勝ち」

「オールイン対決になって時間前に勝負がつくことの方が多いですけどね」

朱梨《しゅり》の補足に頷《うなず》く。このルールで時間ギリギリまで両者にチップが残るのは、よほどの接戦で結果がもつれた場合のみだ。

「逆に言えばオールインのタイミングが非常に重要になってくる、ということでもある。先鋒《せんぽう》中堅《ちゅうけん》は、ひどいショートスタックにでもならない限りめったにオールインはしない。先鋒《せんぽう》は様子見しつつ細かく稼《かせ》ぎ、中堅《ちゅうけん》が大将戦に向けてある程度アグレッシブに攻《せ》め、大将が自軍の優位を確定させ、とどめを刺《さ》す、というのが基本的な戦い方になる」

「あと細かいとこだけど、メンバーチェンジのタイミングでブラインドも上がるっス。だから自分が打ってる間は固定ブラインドみたいなもんスね」

「なるほど……じゃあ、先鋒《せんぽう》がいちばんチップの動きが少ないんですね」

つまり自分が先鋒《せんぽう》を任せられるのだろうなと、半ば確信したような様子の巴《ともえ》。

「そういうことになるんだけど、テクニックを最も求められるのは先鋒《せんぽう》だ。動きが少ないとは言え、少しずつでもチップを積み重ねて次に繋《つな》げてもらわないと中堅《ちゅうけん》は防戦一方になってしまう。手技《てわざ》を駆使《くし》して小さなチャンスを確実にモノにしていく技術がないと務まらない」

「そ、そっか……」

その面持《おもも》ちが唐突《とうとつ》に混乱の色で染まった。自分が一体どこを任されるのかわからなくなったのだろう。

実際、俺《おれ》もどう並べるか迷いに迷ったが。

「そこで今回の出場順だけど、巴《ともえ》には大将を任せることにした」

「わ、私が大将⁉」

「妥当《だとう》だと思います」

飛び上がりそうなほど驚《おどろ》く巴《ともえ》に対し、朱梨《しゅり》の反応は冷静そのものだった。

「んじゃあたしが先鋒《せんぽう》っスか。ま、他よりはマシな配置っスかね」

「ああ。留子《るこ》と朱梨《しゅり》が戦い終わった時点で大差をつけておく。で、巴《ともえ》は全部のハンドでオールインだ。カードの強さは見なくていい」

「全部ですか⁉」

「ああ。相手に巴《ともえ》のデータがないから、まさか全部突《つ》っ込《こ》んできてるとは思わないだろう。少なくとも最初のうちは。そして作戦がバレる前にパワープレーで押《お》し切《き》る」

いろんなシミュレーションをしてみたが、どうやらそれが最も高い勝率となりそうだ。巴《ともえ》に強いカードが来るのを待たせても、おそらく現状では顔や気配に出る。なかなか勝負に乗ってもらえないままブラインドを消費してチップを削《けず》られる可能性が高い。

「というわけで、朱梨《しゆり》は中堅《ちゆうけん》で出てもらうが、勝負を決めてしまうつもりで戦ってくれ」

なんなら中堅《ちゆうけん》で相手を丸裸《まるはだか》にしてくれても一向に構わないというのが今回の本音だ。

「言われずとも、どのみち私は最大限の利益を追求するのみです」

「あたしはま～、テキトーにやっておくっス」

作戦に関して、留子《るこ》と朱梨《しゆり》からの異論はなさそうだ。

「巴《ともえ》、それでいいかな？」

「……はい。わかりました」

反面、巴《ともえ》の表情はやや浮《う》かない。信用されていないのだな、と無念を感じさせてしまったようだった。

申し訳ない限り。これが普通《ふつう》の練習試合なら、もっと自由にプレーさせてあげたいところなのだが。何せ後ろに賭《か》かっているものが巨大《きよだい》すぎる。

「初試合の緊張感《きんちようかん》は巴《ともえ》が思っている以上だ。それだけの役割でも充分《じゆうぶん》スリリングだと思うぞ。まずは場慣れしてもらうための処遇《しよぐう》、そう思ってくれ」

「そうです、よね。まだ練習試合だし、これからたくさん試合するんですもんね！」

フォローの言葉に、巴《ともえ》はだいぶ明るさを取《と》り戻《もど》してくれた。

そうだな。これからたくさん試合……する巴《ともえ》を見守れない展開にだけはならないで欲《ほ》しい。

頼《たの》むから。

「お、もうすぐ着くっスね。そんじゃ少し寝《ね》るから着いたら起こしてくれっス」

「いやあと五分もかからんだろうが。頼《たの》むから起きててくれ」

今日も怠惰《たいだ》全開な留子《るこ》に呆《あき》れていると、リムジンが左折。フロントガラス越《ご》しに西洋の古城めいた門構えが遠くに見えた。

心臓が高鳴る。自分が出場するトーナメントでも、これほどの緊張感《きんちょうかん》を覚えたことなど一度もなかった。

◆フィエール女学院・並木道

フィエール女学院は百年以上の伝統を誇《ほこ》り、中心にある大聖堂は国の重要文化財に指定されている。私立のエスカレーター女子校という点では陽明《ようめい》とよく似た学校だが、歴史の長さ、そしてミッション系であるという点から、世間一般《せけんいっぱん》での『お嬢様校《じょうさまこう》』としての認知度《にんちど》はこちらの方が勝《まさ》っているかもしれない。

「朱梨《しゅり》、あとは頼《たの》んだっス。あたし衣奈《えな》苦手《チョップ》なんで」

「私も苦手です。許しません。苦痛は半分こで」

こそこそと最後尾《さいこうび》に下がろうとした留子《るこ》のフードを摑《つか》み、その場に留《とど》まらせる朱梨《しゅり》。

俺《おれ》としてはどちらの心境も理解できる。ここのポーカークラブ部長であるハミルトン＝衣奈《えな》は、言葉を選ばなければ『とにかくいちいちめんどくさい』存在である。なるべく接触《せっしょく》を避《さ》けたがる心境も、それを許さない心境も、さもありなんという感じだった。

「？　どうしたんですか？」

きょとんとしている巴《ともえ》。知らぬが仏とはこのことか。


「よく来たわねブタども！」


突然《とつぜん》、目指していた建物の二階の出窓がばぁんと開き、腕組《うでぐ》みした小柄《こがら》な少女が片足を窓枠《まどわく》に突《つ》き立《た》てた。

もう既《すで》にめんどくささでうんざり顔になる自陣営《じじんえい》三人。即《すなわ》ち巴《ともえ》以外、俺《おれ》も含《ふく》めた全員だ。

くるくる巻きのツインテールを風に舞《ま》わせるハミルトン＝衣奈《えな》の背丈《せたけ》は小五の平均よりもかなり小さく、面持《おもも》ちもあどけない。静止画で見たらお人形さんみたいにかわいらしい、と表現してしまいかねない。しかしこれが動画になるとひたすらにかわいくないのであった。

誹謗《ひぼう》中傷ではない。嘘《うそ》だと思うのならどうぞ実物とご対面下さいとしか言いようがない。

「今日こそ背脂《せあぶら》をそぎ落として『らーめん』とやら庶民《しょみん》の涙《なみだ》ぐましい餌《えさ》の添《そ》え物《もの》にしてくれるわ！　ちんたら歩いてないで早く辿《たど》りつくことね！　それとも怖《おそ》れをなして歩くのも辛《つら》いのかしら？　哀《あわ》れ！　本当に哀《あわ》れでちんまい存在だわ！」

ほら。かわいくない。なお我《わ》が部員たちの名誉《めいよ》のために言っておくがいちばんちんまいのは衣奈《えな》だ。それも輪をかけて。

「あたしもう帰りたいんスけど」

「気持ちはわかるがもろもろ込《こ》みで『練習』だ。全国制覇《せいは》のためには避《さ》けて通れん。フィエール女学院は」

留子《るこ》を窘《たしな》める。これで衣奈《えな》はポーカーとなると実力者なのが厄介極《やっかいきわ》まりない。実際問題、弱気な人間よりは強気な人間に適性のある種目なのは間違《まちが》いないのだが。

「いきましょう。我々の目的は練習試合です。口げんかではありません」

先陣《せんじん》を切ってくれる朱梨《しゅり》が頼《たの》もしい。頷《うなず》いて、全員で衣奈《えな》が待ち構える棟《とう》の中へ足を踏《ふ》み入《い》れた。

『遠征《えんせい》お疲《つか》れ様《さま》です！』

扉《とびら》を押《お》し開《ひら》くと、一斉《いっせい》に労《ねぎら》いの声をかけられる。その数、十名と少し。さすがは強豪校《きょうごうこう》のポーカークラブ。ウチとは比べものにならないほどの部員の多さだ。

いや、むしろ陽明《ようめい》があまりにも少なすぎるのだが。

「待ちくたびれたわ朱梨《しゅり》。今日こそあんたの吠《ほ》え面《づら》を拝める。想像しただけで衣奈《えな》の心はトリプルアクセルよ！」

ようわからん宣言と共に、この大人数を牛耳《ぎゅうじ》るちんまいツインテールが吹《ふ》き抜《ぬ》けの中二階から階段を下りてくる。その手には競馬で使われるような鞭《むち》が握《にぎ》られていた。まさか普段《ふだん》から仲間に振《ふ》り回《まわ》しているのだろうか。やりかねないから心配になる。

「香里奈《かりな》、ユリ！　尊顔を拝ませてやりなさい。死にゆくザコ共にせめてもの餞《はなむけ》よ」

衣奈《えな》が鞭《むち》を素早《すばや》く二度振《ふ》ると、無言で二人の少女が前に出る。

一人はロングヘアをひと房《ふさ》に編《あ》み込《こ》んだ、まつ毛の長いすまし顔。もう一人は尖《とが》った眼鏡がよく似合う眼光鋭《するど》い微笑《びしょう》を浮かべている。

中川香里奈《なかがわかりな》さんと、灘川《なだがわ》ユリさん。フィエールのダブルリバーの異名を持つ、衣奈《えな》の側近的ポジションだ。

なお、二人とも六年生なので五年生である衣奈《えな》の横暴に文句一つ言わないのは非常に不自然な状況《じょうきょう》だったりする。どんなドラマの果てにこうなったのか俺《おれ》は知らないが、とにかく五年生の衣奈《えな》が全部員に対し独裁権力を発揮しているのが今のフィエールだ。

「中川香里奈《なかがわかりな》です。お久しぶりね、朱梨《しゅり》、留子《るこ》」

「灘川《なだがわ》ユリ。見ない顔もいるね？　対戦することになったら……恨《うら》まないでね」

巴《ともえ》を睨《にら》みながら、眼鏡を光らせるユリさん。実力的に、この二人はフィエールを支える双肩《そうけん》。

加えてエースたる衣奈《えな》という組み合わせだから、手加減なしの最強メンバーで俺《おれ》たちに挑《いど》むつもりだ。もちろん予想通りではあるが。

「この度《たび》はお招き、まことに感謝致《いた》します」

場の威圧感《いあつかん》に全く動じずお辞儀《じぎ》する朱梨《しゅり》。こういう時の頼《たの》もしさはいつでも頭が下がる思いだった。

「顧問《こもん》の森本和羅《もりもとかずら》です。本日の練習試合、よろしくお願い致《いた》します」

俺《おれ》も一礼しつつ、密《ひそ》かに違和感《いわかん》を抱《いだ》いていた。……フィエールの顧問《こもん》、不在のようだな。代わりに見覚えのない中年男性が一人いる。

「本日、顧問代理《こもんだいり》を務めさせて頂く者です」

そいつは名前も告げずに会釈《えしゃく》だけを返してきた。……見届け人ってことかな、どうやら。

「つまらない御託《ごたく》はいいわ、おっさんども。これは戦争。大人の出る幕は既《すで》になし。背脂《せあぶら》にすらなれない運送屋は黙《だま》ってなさい」

なんだとこら誰《だれ》がおっさんじゃお兄さんと呼べ、と一瞬《いっしゅん》衣奈《えな》を睨《にら》み付《つ》けかけて、改めてまたふと違《ちが》う思いがよぎる。この語り口。もしかして、衣奈《えな》は知った上で迎《むか》えているのか。今回の勝負の裏に潜《ひそ》んだ代理戦争を。

だとすれば……どうともできないか。悔《くや》しいが衣奈《えな》の言う通りで、もはや俺《おれ》が果たすべき役割は少ない。あとはただ、勝負の公正な進行を見守るのみだ。

「それでは早速《さっそく》練習試合を始めましょう。どうやらそちらの顧問《こもん》さんは欠席のようですが、ディーラーは私が務めましょうか？」

「フン、さっさとテーブルについて。言わなくてもわかると思うけどウチのテーブルは鷹《たか》の目つきよ。間違《まちが》ってもイカサマなんて働かないことね」

鷹《たか》の目。要するに天井《てんじょう》カメラだ。俺《おれ》が変な動きをすれば確実に看破される。まったく陽明《ようめい》といいフィエールといい、小学生のポーカールームに金をかけすぎだろう。どのみちイカサマでどうにかしようなどという気持ちはないが。

否《いな》、正直に言えば、イカサマでどうにかできるスキルがあるならこの勝負はイカサマを駆使《くし》してでも自陣《じじん》の勝利を決定づけたかったが。


「それでは練習試合を開始します。陽明《ようめい》の先鋒《せんぽう》は木之下留子《きのしたるこ》。フィエールは……」

「わたしです」

卓《たく》についたのは香里奈《かりな》さんだった。二人は以前にも対戦したことがある。留子《るこ》の能力をフルに発揮するなら、アンノウン——未対決の相手の方が、いっそう都合がいいのだが。

まあ構うまい。この組み合わせで特に恐《おそ》れる要素はない。あまり多くチップを稼《かせ》げない展開になりそうではあるけど。

「それでは先鋒《せんぽう》の二人以外、別室へ。事前の取り決め通り、チップは両者30000ドル持ちで始めます。最初のＢ　Ｂ《ビッグブラインド》は100ドル。以後、500ドル、1000ドルと上昇《じょうしょう》します」

事務的に告げると、みんなぞろぞろとポーカールームを出て行く。ギャラリーの反応から持ち札《ンド》がバレてしまうといけないので、プレーヤー以外は別室から見守るのが通例だ。

新品のカードの封《ふう》を切り、シャッフル。それを専用の機械にセット。同じ作業を二回繰《く》り返《かえ》す。以後のカードシャッフルは機械任せだ。だから俺《おれ》にイカサマを働く余地はない。

「あたしがＢＢ《ビッグブラインド》っスね」

チップトスで最初のポジションが決まると、ちょうど良《い》いタイミングで機械によって再度シャッフルされたカードがせり上がってきた。無言で一枚ずつ、俺《おれ》はカードを配っていく。

ついに、始まってしまう。小学生の細腕《ほそうで》に本物のカジノ利権が託《たく》された、狂気《きょうき》の代理戦争が。

「レイズ」

「フォールドっス」

序盤《じょばん》は案の定、静かな立ち上がりとなった。敵にいい手が入れば留子《るこ》はすぐさま察知して降りてくれるから、大失点の心配はほとんどない。

どうやら留子《るこ》の弱点を突《つ》けるタイプの相手でもなさそうだしな。香里奈《かりな》さんは。

毎回、両者ともが手札を披露《ひろう》しないままで時間が過ぎていく。リバーまで五枚カードがめくられて札を見せ合う『ショウダウン』に到達《とうたつ》することなく、どちらかのフォールドで決着がつく展開が続いた。

素人目《しろうとめ》には退屈《たいくつ》な景色だろうが、これはこれで毎回かなりの駆《か》け引《ひ》きが行われている。

「レイズ」

「リレイズっスね」

「…………」

相手のレイズに、間髪《かんはつ》入れず自らもチップを上乗せした留子《るこ》。大して強くない手で攻《せ》めてきているると読んだのだろう。そこで、こっちはかなりいい手だぞと主張することで相手に揺《ゆ》さぶりをかけたのだ。

もちろんこの時、留子《るこ》が本当に強い手を持っているかはわからない。留子《るこ》の方こそがブラフという可能性も充分《じゅうぶん》にありえる。

両者の手札をカメラで確認《かくにん》している別室のギャラリーたちは議論で盛り上がっている最中かもしれない。押《お》せ、いや退《ひ》け。戦術論を交《か》わしている姿がふと頭に浮《う》かぶ。

俺《おれ》も加わりたい願望が膨《ふく》らんでくるが、カードを伏《ふ》せたまま行われる攻防《こうぼう》を見守るのもそれはそれで面白《おもしろ》い。留子《るこ》のリレイズに対し、香里奈《かりな》さんはどう動くか。

相手が留子《るこ》でなければ、リリレイズでさらに揺《ゆ》さぶりをかけるという選択肢《せんたくし》もあるだろう。しかし、留子《るこ》がテルリードの達人であることを香里奈《かりな》さんは既《すで》に知っている。留子《るこ》に『弱い』と読まれた手で、再度突《つ》っ張《ば》るにはよほどの胆力《たんりょく》が必要になるし、反撃《はんげき》したところで留子《るこ》の自信は揺《ゆ》るがない。

唯一《ゆいいつ》こちらが不利になるとしたら、留子《るこ》が相手の強さを読《よ》み違《ちが》えた場合だが。

「…………フォールド」

長考の末、香里奈《かりな》さんは手札を裏返したまま俺《おれ》に押し返《かえ》した。降りる時に手札を開くか否《いな》かは自由意志に任されているから、何を持っていたかわざわざ相手に教える必要はない。逆に、あえて見せることで次回以降相手の判断を惑《まど》わす戦法もあるが、今はそのタイミングでもないだろう。

「やっぱ気楽でいいっスね。先鋒《せんぽう》は」

フードを被《かぶ》り直《なお》し、テーブルに両肘《りょうひじ》を突《つ》く留子《るこ》。こういう小さい賭《か》け額《がく》の勝負では本当に頼《たの》もしい存在だ。薄皮《うすかわ》を剝《は》ぐように少しずつ、でも着実に留子《るこ》は自陣《じじん》にチップを運び入れてくれる。

結局その後も留子《るこ》が場を完全に支配する。どうしても日和見《ひよりみ》せざるを得ない先鋒戦《せんぽうせん》で、5000ドル以上もこちらに利益をもたらしてくれた。

陽明　36200$―23800$　フィエール

「留子《るこ》、お疲《つか》れ様《さま》です」

「あたしにしては頑張《がんば》りすぎたっスね。あとでご褒美《ほうび》をご所望《しょもう》するっス」

メンバー交代の時間となり、朱梨《しゅり》が部屋にやって来た。留子《るこ》と握手《あくしゅ》を交《か》わし、颯爽《さっそう》とテーブルに近付いてくる。

「あら、奇遇《きぐう》じゃない！　……ククク」

「………⁉」

遅《おく》れて登場したのは、なんと衣奈《えな》だった。フィエールの中堅《ちゅうけん》もエースの衣奈《えな》？　これは大きな誤算だ。

巴《ともえ》に決め打ちを指示したのは、実力者である衣奈《えな》を孤立化《アイソレイト》したいという目的もあった。プライドの高い衣奈《えな》が大将以外で出てくる可能性は限りなく低いと読んだからこそ、こちらは朱梨《しゅり》を中堅《ちゅうけん》に据《す》えて別のタイミングで勝負をかけたのだが。

「朱梨《しゅり》、待機室って合同部屋だったのか？」

「いえ。フィエールの皆《みな》さんとは別室でしたが」

となると、こちらの動きを見て衣奈《えな》が急遽中堅《きゅうきょちゅうけん》にシフトしてきたわけではない？

いや待て。ここは敵陣《てきじん》。盗聴器《とうちょうき》の一つくらい仕掛《しか》けられていても不思議はないか。

特に衣奈《えな》が、この対決に潜《ひそ》む真の意味を知っていたと仮定するならなおさらだ。

「さあ座《すわ》りなさい朱梨《しゅり》。いつまでもマグレは通用しないって思い知らせてあげるわ」

「ポーカーに運の分散はつきもの。今日がどちらに振《ふ》れるかは誰《だれ》にもわかりません。しかしマグレが通用しないというのは同意です。私は私で、最適解を探すのみです」

テーブルを挟《はさ》んで相対する朱梨《しゅり》と衣奈《えな》。朱梨《しゅり》の力を疑うことなどしないが、荒《あ》れ模様《もよう》になるだろうな、この対決は。なにしろ二人のプレースタイルは、大別すると近い。だからこそぶつかり合えば、必ず大きくチップが動く。

ポーカープレーヤーの打ち筋は、ざっくり四つに分類される。

一、ルーズアグレッシブ。プリフロップからのゲーム参加率が高く、自らガンガンチップを積み上げて相手を降ろしにかかる超攻撃的《ちょうこうげきてき》タイプ。

二、タイトアグレッシブ。プリフロップでしっかり手を選別し、本当に強い手が入った時だけ全力で攻《せ》めてくる一撃必殺《いちげきひっさつ》タイプ。

三、ルーズパッシブ。とりあえずゲームに参加してみて、状況《じょうきょう》を見ながら相手に合わせていく優柔不断《ゆうじゅうふだん》タイプ。

四、タイトパッシブ。せっかく強いカードを持っていたのにプレッシャーをかけられると退《ひ》いてしまう、弱腰《よわごし》タイプ。

原則的に三と四のプレーヤーは弱者と見なされ、強いプレーヤーは一と二に分類される。そして、朱梨《しゅり》はややルーズ寄りのタイトプレーヤー。衣奈《えな》はややタイト寄りのルーズプレーヤーだ。

この辺は微妙《びみょう》なニュアンスの違《ちが》いになってしまうのだが、換言《かんげん》するとゲーム参加率はやや衣《え》奈《な》の方が高いが、締《し》めるところはキッチリ締《し》めてくる。朱梨《しゅり》は手堅《てがた》さを身上としているが、時々意外な組み合わせのカードでもプレーに参加する。

二人とも打ち筋にランダム要素を混ぜるのだ。なぜかというと、プレーするレンジを推測されないため。『だいたいいつもあのくらいの強さのカードで参加しているな』と看破された場合、フロップがヒットしたかどうかも見破られやすい。そうならないため、たまに意表を突《つ》くプレーを混《ま》ぜ込《こ》んで、自分の手の内を曇《くも》らせている。

そして二人に共通するのは、超《ちょう》が付くほどアグレッシブであること。一度のベット額に、迷いがない。行くと決めたらとことんチップを投じてくるし、受ける時も怖《お》じ気《け》づいたりは絶対にしない。下手をすると、一度の衝突《しょうとつ》で互《たが》いにレイズに次ぐレイズ、最終的にはオールイン、みたいな状況《じょうきょう》すら躊躇《ちゅうちょ》しない。

要するに、俺《おれ》の胃痛は既《すで》にピークに達していた。

「そちらがボタンですね。それでは始めましょう」

だが、信じる。ポーカーから完全に運の要素を排除《はいじょ》することは不可能でも、実力差は必ず出る。衣奈《えな》よりも朱梨《しゅり》の方が強い。その事実は一片《いっぺん》たりとも疑っていない。任せたぞ、朱梨《しゅり》。望まぬものを多々背負わせてしまっている俺《おれ》が言えた柄《がら》じゃないが、俺《おれ》はお前のプレーヤーとしての実力を信じ続ける。

「ほれおっさん、とっととカードよこせ」

「………」

衣奈《えな》の暴言に無反応のまま、カードを配り始める。

「フォールド」

ファーストコンタクトは衣奈《えな》のフォールドで、フロップを開くことなく終了《しゅうりょう》。

後から振《ふ》り返《かえ》るなら、この時点で違和感《いわかん》を嗅《か》ぎつけておくべきだったかもしれない。衣奈《えな》にしては弱気だな、と。もちろん、箸《はし》にも棒にもかからないクズ手だった可能性は否定できないのだが。

「レイズ」

次の対決では朱梨《しゅり》がレイズを仕掛《しか》ける。もともと250ドル出していたチップに1000ドルを上乗せし、1250ドルを場に晒《さら》した。朱梨《しゅり》のスタイルとしては、標準的な賭《か》け方《かた》だ。

「コール」

衣奈《えな》は勝負に乗り、同額が賭《か》けられる。これでポットの中には2500ドルが投じられた。

フロップの三枚を開く。♠J♠6♠A。いきなり危険なヤツが出た。

モノトーン。つまり全ての絵柄《えがら》が同じフロップ。これでもし手元の二枚が♠の同絵柄《スーテッド》だったら、既《すで》にフラッシュが完成していることになる。

ちなみに、両者がフラッシュなど同じ役を完成させていたら、より大きな数字のカードを持つ方が勝者となる。今回は最強のAが場に出ているので、Kを持っていたらフラッシュとしてはベストハンド。この、フロップから推測可能な最強の役のことを『ナッツ』と呼ぶ。

閑話《かんわ》休題《きゅうだい》。さあ、朱梨《しゅり》はどう出る。

「レイズ」

2500ドルのポットに対し、さらに2000ドルを放《ほう》り込《こ》む朱梨《しゅり》。強気だ……とは思わない。朱梨《しゅり》なら大概《たいがい》そうする。手の強さに合わせてベットサイズを変えるというのは非常に危険な行為《こうい》だ。なぜならベットサイズの多寡《たか》は、相手が手を推測するための大きなヒントとなり得る。衣奈《えな》と朱梨《しゅり》のように対戦経験が豊富な間柄《あいだがら》ならばなおさらだ。

だから朱梨《しゅり》はブラフだろうがフラッシュが完成していようが、かならず2000ドルを放《ほう》り込《こ》んでくる。実に何食わぬすまし顔で。

この胆力《たんりょく》。絶対に崩《くず》れることのないお嬢様《じょうさま》強度こそが、二階堂朱梨《にかいどうしゅり》というプレーヤーが持つ最大の武器だ。数学的に最適化した打ち筋と合わさり、朱梨《しゅり》は絶えず相手にプレッシャーを与《あた》え続《つづ》けるキラーマシーンと化す。

「ついてないね」

しばし、慣れた手つきでチップを弄《もてあそ》んでいた衣奈《えな》だったが。さほど悔《くや》しそうな表情も見せず降りることを選択《せんたく》した。モノトーンで朱梨《しゅり》と張り合うには手が弱いと判断したか。フラッシュができていないとしても、場にAが落ちているからAのワンペアもケアしなければならない。そして、タイトプレーヤーである朱梨《しゅり》が、Aを持《も》って参戦している可能性はそれなりに高い。

衣奈側《えながわ》の視点からすればフラッシュの目が遠く、A も持っていない状況《じょうきょう》ならば歯向かうべきではない。そう考えるのはまあ、妥当《だとう》ではあろう。

しかし、何かが変だ。この時ようやく、俺《おれ》はえも言われぬ違和感《いわかん》というか、不安感のようなものを覚えた。

あの好戦的な衣奈《えな》が、こうもあっさり諦《あきら》めるか？ 何度も言うように、もちろん諦《あきら》めて然《しか》るべきハンドなどいくらでも存在するのだが。

「…………」

「…………」

衣奈《えな》に続き、朱梨《しゅり》からも裏向きでカードが返ってくる。……正直、見たい。ディーラーとして、ポーカープレーヤーとして、あまりにも義に背《そむ》くマナー違反《いはん》だから絶対にそれはできないが……正直二人がどんなカードで対峙《たいじ》していたのか、今すぐ確かめたい衝動《しょうどう》を抑《おさ》えるのに俺《おれ》はかなりの精神力を要した。

「コール」

次の対決で、違和感《いわかん》が頂点に達した。衣奈《えな》が、コールで参戦？ プリフロップでのコールは別名『リンプ』とも呼ばれるのだが、アクションとして非常に弱気で、推奨《すいしょう》される場面は少ない。中には確かに、このリンプを武器にして戦うタイプのプレーヤーもいる。いるが、少なくとも絶対に衣奈《えな》は違《ちが》う。機と見れば強気にレイズしてくるし（たとえブラフでも）、でなければさっさとフォールドしてしまう。

今日の衣奈《えな》は、プレースタイルが今までとまるっきり違《ちが》う。

「…………」

朱梨《しゅり》は、気づいているだろうか。ポーカー中の朱梨《しゅり》の顔から感情を読み取るのは難しい。おそらく、俺《おれ》以上に違和感《いわかん》を抱《いだ》いているとは思うのだが……。

フロップは♣7♥3♦8。弱いカードが並んだ。

こういう時はターンとリバーのカード次第《しだい》でダイナミックに情勢が変わる。現状での優劣《ゆうれつ》は互《たが》いに判断しづらいだろう。

「チェック」

「…………」

そういう意味で、チェックで様子見するのはわからないでもない。わからないでもないが、衣奈《えな》らしくない。いつものアグレッシブさが欠片《かけら》も感じられない。

「レイズ」

だからこそ、だろう。探《さぐ》りを入れる意味もこめてか、朱梨《しゅり》は700ドルを上乗せ。

「コール」

すかさず乗ってくる衣奈《えな》。真に弱気ならばもう少し迷う場面だが……。

ターンカードをめくる。落ちたのは♥J。

「レイズ」

ようやく衣奈《えな》がチップを上乗せ。だがその額は、１０００ドル。今、２４００ドル入ってるポットに対して半額以下のベット。らしくない。あまりにもらしくない。

「……………コール」

朱梨《しゅり》も違和感《いわかん》を我慢《がまん》できなくなったようだ。いったん攻《せ》めっ気《け》を堪《こら》え、同じく１０００ドルを投じるに留《とど》める。合計４４００ドルが賭《か》けられた状態で、俺《おれ》は最後のリバーカードをめくる。

♣4。ラグ中のラグカードといったところ。

「チェック」

衣奈《えな》は迷わずチェック。弱気。弱気だが行動に一貫性《いっかんせい》がある。

「……………」

珍《めずら》しく長考する朱梨《しゅり》。しかし、ここは衣奈《えな》の真意を確かめたい。そう感じたのだろう。これ以上のベットは選ばず、同じくチェックを俺《おれ》に伝えた。

ついにショウダウン。互《たが》いのカードが表向きにされる。

衣奈《えな》は、♥9♣9。9のポケットペア。

朱梨《しゅり》は、♦K♦Q。強い同じ柄の連番《スーテッドコネクター》だが、五枚のコミュニティカードには全くヒットしていない。役なしだ。

「あぶなー。ディーラーに助けられたかしらん？」

邪悪《じゃあく》なウインクを俺《おれ》に向けてくる衣奈《えな》。誰《だれ》が助けるか。

しかし、これは……ますます混乱させられる。

9のペアの打ち方としては、矛盾《むじゅん》しているところはない。フロップの三枚よりは強いカードだが、いつもっと高い数字のペアなどで捲《まく》られてもおかしくない。だから様子見でチェック。わかる。

次にJが落ちた。Jのワンペアで捲《まく》られたかもしれないハイカード。だから相手の反応を確かめるため、弱めのレイズ。わかる。

リレイズされず最後はラグカードだったから、このまま9のワンペアで勝負。わかる。

わかるのだが、衣奈《えな》ならばより効果的な駆《か》け引《ひ》きを仕掛《しか》けるタイミングが見えていたはず。

もっと大胆《だいたん》さと技量を兼《か》ね備《そな》えた相手であるはずなのだが。

楽観的に捉《とら》えるならば、カジノ利権について知ってしまったが故《ゆえ》、動揺《ティルト》している？

さしもの衣奈《えな》とてこれほど巨大《きょだい》なものを賭《か》けて勝負したことなどないだろう。可能性としてはゼロじゃない。だとすると、普段通《ふだんどお》り打てば朱梨《しゅり》なら圧倒《あっとう》できるはず。

しかし。

「とりま、チップゲット～」

勝負の結果、フィエール側に４４００ドルが移る。チップ差は平たくなったが、この二人がショウダウンまで進んだ割には少額しか動いていないないという印象の方が強い。

陽明　35200$―24800$　フィエール

それからしばし、静かな展開が続いた。二人の対決が始まってから約二十分。そろそろ勝負としては佳境《かきょう》に入ってきた。チップは何度かの移動を繰《く》り返《かえ》しつつ朱梨《しゅり》が優位を保っているが、相変わらず差は10000ドル前後だ。

「レイズ」

朱梨《しゅり》が動いた。初手と同じく、場代に1000ドルの上乗せ。

「コール」

衣奈《えな》も勝負を受ける。これで場代と合わせて2500ドルがポットへ。

フロップを開く。♥A◆K◆9。これはまた、とびきりに濃《こ》い。

こういうフロップの時は、既《すで》に手札と場の三枚の組み合わせで勝負が決してしまっていることが多い。静的――スタティックなボードと呼ばれる状態だ。ただ今回はストレートとフラッシュの目も残っているから、全方位に神経を尖《とが》らせておく必要はある。

「レイズ」

朱梨《しゅり》が攻《せ》める。2500ドルのポットに、2000ドルをベット。

「…………」

衣奈《えな》は長考状態に入った。いい手で参加していればいるほどヒットしている可能性が高いフロップだ。降りるならさっさと降りるべきだし、勝てる自信があるならリレイズが妥当《だとう》か。例えば朱梨《しゅり》が[J]か[Q]を持っていたり、[◆]のスーテッドで参加していた場合のことをケアするならここで勝負を決めてしまいたい。衣奈《えな》に強いペアが入っていると仮定するなら、だが。

「コール」

衣奈《えな》は2000ドルを投じて賭け額《がく》をつり合わせた。……レイズは、なしか。

ターンカードは[♠7]。ラグと見てほぼ間違《まち》いない。

「…………」

こんどは朱梨《しゅり》が長考する番だった。予感がする。この衝突《しょうとつ》で、局面が大きく動く。

4500ドルのベット。あくまで朱梨《しゅり》は強気だ。悪寒《おかん》が俺《おれ》の背中を汗《あせ》となって伝う。

「レイズです」

いや、しかし。朱梨《しゅり》だって違和感《いわかん》ならひしひしと伝わっているはず。例えば[A]のワンペアだけでここまで強気になるか。

衣奈《えな》もまた不安を覚えるはずだ。打ち筋としては衣奈《えな》こそが[A]とハイキッカー持ち――もし[A]のワンペア同士になった時比較《ひかく》対象になるカードが強い時の立ち回りに見える。例えば[A][J]や、[◆A]持ちでフラッシュドローがあった場合。後者ならここでフラッシュの目は潰《つい》えたから、キッカーが弱ければフォールドしなければならない状況《じょうきょう》となる。

「コール」

三連続コール……！ ひたすらパッシブに、朱梨《しゅり》のベットに対し食らいついていく。ポットには15500。

リバーカード。♣3。またしてもラグ。

「レイズ」

顔色一つ変えずに朱梨《しゅり》が攻《せ》める。15500のポットに対し、12000ドル。もはや完全にこの一局で勝負を決めに行くつもりだ。

「レイズ。オールイン」


衣奈《えな》が、手持ちのチップ全てを差し出した。


本性《ほんしょう》を、現した。

ついに衣奈《えな》の賭《か》け方《かた》から、そして何ともいえない仏頂面《ぶっちょうづら》だった表情から、完全に違和感《いわかん》が消えた。いつも通りの衣奈《えな》に戻《もど》った。無造作を装《よそお》っているが、伝わる。背中辺りから溢《あふ》れ出《で》る嗜虐的《しぎゃくてき》な瘴気《しょうき》を。

この時点で、衣奈《えな》の持ち札《ハンド》を確信する。

そして、朱梨《しゅり》が巨大《きょだい》な罠《わな》に搦《から》め捕《と》られてしまったことも。

「……………どういうつもりか、わかりませんが」

朱梨《しゅり》が俺《おれ》に、カードを表向きにして投げ返した。敗北宣言だ。

その手札は……♦A♠K！

そりゃ、強気で然《しか》るべきだ。朱梨《しゅり》はフロップ時点でAとKのツーペアを完成させていたのだから。

そしてこの局面で、何の迷いもなくA Kのツーペアを放棄《マック》してみせた……！

改めて、感嘆《かんたん》する。ポーカープレーヤー、二階堂朱梨《にかいどうしゅり》の冷静さ、その合理的判断力を。

この勝負の結果をもってしても、俺《おれ》は朱梨《しゅり》の能力に対し畏敬《いけい》の念を抱《いだ》き続《つづ》ける。本当にすごい少女だ。並の人間なら、ここまでポットにチップを投じてしまった後でA Kツーペアは降りられない。オールインに対してでも、コミットして突《つ》っ込《こ》まざるを得ない。

「ちょっと、何やってんのよ。高笑いの準備は万端《ばんたん》だったのに、出《だ》し損《そこ》ねちゃったじゃない」

ニヤリと八重歯《やえば》を見せながら、衣奈《えな》が持ち札《ハンド》をめくる。

――♣A。そして、♠A。

ポケットエース。衣奈《えな》はAの3カード《セット》を完成させていた。

もし朱梨《しゅり》がオールインに応じていたなら、A Kのツーペアですら撥《は》ね返《かえ》されていた。

ようやく理解した。全てはこんな状況《じょうきょう》を作り出すための布石だったのだ。今までの衣奈《えな》の妙《みょう》に弱気でパッシブな打ち筋は。

普段通《ふだんどお》りに打たれていたら、ここまでの痛手は被《こうむ》らなかった。フロップで大きくリレイズされて、その時点で朱梨《しゅり》ならばツーペアを降りていただろう。衣奈《えな》というプレーヤーは、AAをのらりくらりとリバーまで引っぱる打ち手ではないと朱梨《しゅり》は認知《にんち》しているから、AかKの3カード《セット》の危険を察知し、もっと早く撤退《てったい》していたはず。

さらに補足するなら、前のポケット99の時のやりとりなしで唐突《とうとつ》にAAをリバーまで引っぱるのは、臭《にお》いが強すぎる。『何か企《たくら》んでる』感が出過ぎて、その場合でも朱梨《しゅり》は即《そっ》刻《こく》危機を察知したことだろう。

本来、AAのスロープレーというのは使い古された打ち筋で、今では推奨《すいしょう》されていない。なんせリバーまで持《も》ち越《こ》している間にストレートを作られたり、◆のフラッシュを集められたら3カード《セット》ですら役の強さで上回られてしまうのだから。そうなる前にしっかり強さを主張しておくのが、現代では合理的とされている。

だからこそ、今回ばかりは搦《から》め手《て》としてかえって強く効果を発揮した。衣奈《えな》はモンスターハンドをスロープレーしない。そんな先入観をいつもと違《ちが》うパッシブな打ち筋の中に紛《まぎ》れ込《こ》ませ、朱梨《しゅり》を罠《わな》に落としてみせたのだ。

「この一瞬《いっしゅん》の敗北は認めますが、やや理解に苦しみます。なぜ、こんな練習試合で？　手の内に潜《ひそ》めておけば、本番……大会で戦うことになった時もっと有効なプランになったでしょうに」

「ククク、知らない方がいいんじゃない？　そしたら、そんな平和ボケしたアホヅラのままで暗殺してもらえるかもね。クク……アーッハッハッハ！」

覚悟《かくご》の差でしてやられたと悔《く》やむべきだろうか。朱梨《しゅり》は練習試合として、衣奈《えな》は絶対に負けられない一世一代の大勝負として、この卓《たく》に挑《いど》んだ。朱梨《しゅり》の方ももし同じ覚悟《かくご》を持っていたなら、衣奈《えな》の違和感溢《いわかんあふ》れるプレースタイルにもっと早くから警戒心《けいかいしん》を抱《いだ》いていたと言えるか？

……さすがにそれはない。朱梨《しゅり》は相手の弱気にとことんつけ込《こ》むタイプ。何が賭《か》けられていようと自分のプレースタイルは曲げない。いつも口にしている身上だ。むしろあの[A][K]ツーペアでフォールドを選択《せんたく》してくれたことだけでも、よくぞと称《たた》えるべきだろう。

ならば、どこで間違《まちが》えた。出場順？　それも違《ちが》う。結局他に選択肢《せんたくし》はないし、そもそも盗《とう》聴《ちょう》されていたのなら小手先での配置換《はいちが》えに意味はない。

だめだ、わからない。わかるのは、今もし一人きりになったら辺り一面にゲロを撒《ま》き散《ち》らしてしまうであろうほどの昏迷感《こんめいかん》だけだった。

なんとか堪《こら》え、ディーラー役で場を進行するが、その後はひたすら静かな勝負が続くのみだった。二度、朱梨《しゅり》が一世一代のオールインを仕掛《しか》けるが、衣奈《えな》は相手にしない。

そうしているうちに、二人の対決時間が終了《しゅうりょう》を迎《むか》える。

「あー残念。アタシ一人で朱梨《しゅり》をミンチにして勝負を決めちゃうつもりだったのに。……ま、いいわ。あとのことは部員に任せておきましょ。たまにはリーダーらしくね」

余裕綽々《よゆうしゃくしゃく》に席を立つ衣奈《えな》。

「……申し訳ありません。私のせいでプランが」

朱梨《しゅり》もまた、凜《りん》とした表情を崩《くず》すことなく立ち上がる。

「いや、そんなことはない。いいポーカーだった」

可能な限り『これからのこと』を考えないようにして、俺《おれ》はただ静かにそう伝えた。待ち受けているものを知ろうとも、プレーヤーとしての朱梨《しゅり》への敬意を自ら汚《けが》すことなどできない。

今はただ、胸を張って送り返すことが、俺《おれ》が朱梨《しゅり》に下せる最大級の評価だった。たとえそれが、コーチと児童として最後のやりとりになろうとも。

陽明　15200$―44800$　フィエール

「し、失礼します……」

恐《おそ》る恐《おそ》る、ポーカールームに入ってくる巴《ともえ》。

「失礼します」

対する相手は、自信に満ちあふれていた。ただでさえ衣奈《えな》の右腕《みぎうで》であるフィエールナンバー

2の実力者、灘川《なだがわ》ユリさん。加えてこのチップ差だ。不安を感じる要素などどこにもないというのが現実だろう。

これが驕《おご》りに繋《つな》がってくれれば良《い》いが……さすがに経験差が大きすぎる。

「…………」

俺《おれ》と朱梨《しゅり》は頷《うなず》き合《あ》って、巴《ともえ》の許《もと》に近付いていく。勝負の前に最後のミーティング。それくらいの時間なら、衣奈《えな》率いるフィエールも許してくれるだろう。

せめてもの介錯《かいしゃく》として。

「巴《ともえ》、ごめんなさい」

「いえ、そんなっ！」

粛然《しゅくぜん》と頭を下げる朱梨《しゅり》に、慌《あわ》てて両手を振《ふ》る巴《ともえ》。俺《おれ》もまた朱梨《しゅり》を責める気など微塵《みじん》もない。

それは一貫《いっかん》した信念だ。今伝えたいのは、まったく別の話。

「巴《ともえ》。好きに戦って良《い》いぞ」

「えっ？」

「ポーカーを楽しんで下さい。申し訳ないことに、たいへんチップが心許《こころもと》ないですが」

朱梨《しゅり》と交代で、俺《おれ》たちの思いを伝えた。抱《いだ》いている根っこの部分の思いは違《ちが》うだろうが、巴《ともえ》に自由な心で勝負に挑《いど》んで欲《ほ》しいという思いは共通していた。

この一戦で、ポーカーを嫌《きら》いにならないで欲《ほ》しい。この競技が気に入ってくれたのなら、ぜひこれからも続けて欲《ほ》しい。

朱梨《しゅり》と共に、そんな願いを伝えた。これがある種の遺言《ゆいごん》であるという認識《にんしき》だけは、朱梨《しゅり》と共有していないが。

「………わかりました。精一杯《せいいっぱい》がんばってきます！」

ふっと微笑《ほほえ》む巴《ともえ》。緊張感《きんちょうかん》が一息で和《やわ》らいだ感じがした。それを見て、朱梨《しゅり》も胸をなで下ろした。

「そろそろ良《い》いかな？　勝負、はじめない？」

ユリさんに催促《さいそく》され、俺《おれ》と巴《ともえ》は頷《うなず》き合《あ》ってポーカーテーブルに向かった。

ディーラーという中立なポジションに戻《もど》る以上もはや何もしてやれないが、がんばれ。この日まで詰《つ》め込《こ》んだ全てを駆使《くし》して、できる限りの好勝負を願う。

結果は既《すで》に決まっているとしても、せめて達成感を得られる勝負をしてくれるよう、巴《ともえ》に最後の念を送った。

「オールイン、ですっ！」

目を剝《む》き、危《あや》うく立ち上がりそうになってしまった。巴《ともえ》が開幕から、いきなり全てのチップを差し出したのだ。

違《ちが》う、もう良《い》いんだ。例のプランは破綻《はたん》した。自由にポーカーを楽しんで良《い》いんだ！

「…………」

というアイコンタクトに対し、巴《ともえ》は頷《うなず》きで応えた。わかっています、と。俺《おれ》に伝えている。

わかった上で、自由意思で、巴《ともえ》はオールインを選んだということか。ならば、よほどのグッドハンドが……？

「ナメた真似《まね》してくれるね？　いいよ、一発で終わらす」

勝負を受けるユリさん。互《たが》いにオールイン。ユリさんが役で上回れば、ここで試合終了《しゅうりょう》だ。

「……ショウダウン」

俺《おれ》は二人に手札を開くよう促《うなが》す。

ユリさんのハンド、♠A♦J。充分《じゅうぶん》すぎるほど強い。

対する巴《ともえ》、♥9♣6。いやいやいやちょっと待て！

付《つ》け焼《や》き刃《ば》とはいえ、ここ数週間で巴《ともえ》にはみっちりポーカーの手ほどきをしてきた。自分の持っているカードがどれほど脆弱《ぜいじゃく》なのか、理解はしてもらったつもりだ。

なのに、なぜ。なぜそんな手でオールインを……。

もはや抜《ぬ》け殻《がら》になったような気持ちで俺《おれ》は五枚のコミュニティカードを開いた。

♥J♦2♠6。ほら終わった。

♦8。もういい。早く楽になってしまいたい。

♠9。こうして俺《おれ》たちの戦いは——

「え」

――待て。♠9？　♠9だと。

ということは、ユリさんはJのワンペア。

巴《ともえ》は、9と6の、ツーペアで。

「やりました！　勝ちましたっ！」

ただただ呆然《ぼうぜん》としていた。俺《おれ》も、対戦相手のユリさんも、ひたすらに沈黙《ちんもく》を重ねることで、衝撃《しょうげき》を表し続けていた。

「……ふざけてんのか。ド素人《しろうと》かよお前」

ユリさんが毒づくのも無理はない。今がもしトレーニングの最中なら、俺《おれ》は巴《ともえ》のオールインを言葉の限りを尽《つ》くし窘《たしな》めていただろうから。

しかし、現実として巴《ともえ》がツーペアでユリさんのグッドハンドを捲《まく》りきってしまった。

確かにこれがポーカーだ。確率の主《ぬし》は、時にこんな気まぐれを起こす。

それでも、今の巴《ともえ》のオールインは褒《ほ》めるわけにはいかなかった。勝ったのはあくまで偶然《ぐうぜん》。

それも、低い確率の方で起こる偶然《ぐうぜん》に過ぎないのだから。

「これで、逆転……」

オールイン分のチップがそのまま倍になって返ってきたので、陽明《ようめい》のチップは３０４００ドル。対するフィエールは２９６００ドル。ほんの紙一重《かみひとえ》ながら、あっと言う間にチップ差で逆転してしまった。

「………レイズ」

何度か深呼吸して、ユリさんがポットに3000ドルを投入してきた。ここでヤケになる選手じゃない。ちゃんと手が入っているレイズだと俺《おれ》は確信する。

逆転した以上、立ち回り次第《しだい》では巴《ともえ》が勝ちきる可能性もゼロではなくなった。さっきの奇跡《きせき》を一度頭から完全に消し去り、基本に立ち返ってポーカーと向き合ってくれるなら、あるいは本当の意味での大物食いも成《な》し遂《と》げられるかもしれない。

だからこそ、ここはフォールドだ。相手の動揺《ティルト》は期待するな。フォールド、フォールド、フォールド……。

「オールイン！」

「なぜ⁉」

つい大声を出してしまい、双方《そうほう》から注目を浴びる。やってしまった。あまりのショックでディーラーとしての領分を遥《はる》かに飛《と》び越《こ》えた。

深く反省するが、俺《おれ》の悲痛な気持ちは観戦している多くの者に同意を得られたと確信している。ダメだ巴《ともえ》。それはさすがにダメだ。これ以上の奇跡《きせき》に期待してはいけない。

それは、ポーカープレーヤーとしての死を意味するからだ。ポーカーはあくまで確率のゲーム。確率の低い方に向けて歩み出せば、遅《おそ》かれ早《はや》かれ辿《たど》り着《つ》くのは絶望の奈落《ならく》。

「わかってます、先生」

巴《ともえ》の晴れやかな声に顔を上げる。

とても澄《す》んだ瞳《ひとみ》で、巴《ともえ》は俺《おれ》に微笑《ほほえ》みかけていた。

「大数《たいすう》の法則、ですよね。ちゃんと覚えています。何度も繰《く》り返《かえ》せば、どんなものでも必ず確率通りに収束する。先生が教えてくれたこと、ちゃんと覚えています」

「だったら、どうして……？」

「ポーカー、楽しいです。ずっと続けたい。そう思っています。これから何度も、私はいろんなハンドをプレーするつもりです。だから……まだです」

「まだ？」

「私の『大数《たいすう》』は、もっとずっと先にあります。なら、確率通りに収束するのも、もっとずっと先のことだと思うんです」

巴《ともえ》の言っていることが、わからなかった。いや、言葉としては理解できる。しかしそれは結局、低い確率を能動的に選ぶ行為《こうい》に他ならず、大数《たいすう》の法則に対する反論の体《てい》を、まったくなしていない。

この巴《ともえ》の自信は、いったいどこから来ているというのだ。

「見てて下さい。私、勝ちますから。だって私、まだポーカーを始めたばかりで、十歳《さい》で、小学五年生ですから。小学生のうちから、まだまだ収束なんてしてられません。むしろ成長……

膨張《ぼうちょう》しないと。収束する前に、膨張《ぼうちょう》してみせます！」

　小学生だから、収束しない……？

　むしろ、膨張《ぼうちょう》する……？

　そうなのか？

　ほんの一瞬《いっしゅん》だが、俺《おれ》は巴《ともえ》のあまりにも力強く、信念に溢《あふ》れた言葉に引《ひ》き込《こ》まれかけた。

「もう御託《ごたく》はいい。こっちもオールインだ！　ディーラー！」

　ユリさんに急《せ》かされ、俺《おれ》は我に返る。再びのオールイン対決。恐《おそ》らくこれで、勝負は決する。

「ショウダウン」

　叩《たた》きつけるようにユリさんが手札をひっくり返した。♦Q♥Q。強い。一対一《ヘッズアップ》の戦いであれば、ほぼ勝利を手中に収めたと言えるほどの勝率を誇《ほこ》るカードだ。

「………っ」

　ゆっくり深呼吸して、巴《ともえ》もまた自らの手を披露《ひろう》する。もはや、何が出ても驚《おどろ》くつもりはない。

♠3♠5。申し訳ない。嘘《うそ》をついた。危《あや》うく椅子《いす》から転げ落ちるところだった。

　しかし、なぜだろう。

　不思議と俺《おれ》の心には、絶望感も悲壮感《ひそうかん》も浮《う》かんでこない。

　やがて、ふっと全ての感情が消えた。俺《おれ》はまるで機械にでもなったような錯覚《さっかく》を味わいながら、コミュニティカードのうち最初の三枚をめくる。

♠2♣Q♠Q。

「っし！　見たかボケっ！」

なんと、相手に4カード《クワッズ》を作られた。一巻の終わり。

そのはず。そのはずなのだ。……でも。

「………っ」

巴《ともえ》は静かに、俺《おれ》の手元を見つめ続けていた。

四枚目のカードをめくる。

――♠4。

「………は？　待て。いや待て嘘《うそ》だろ。有り得ないだろ⁉　そんなバカなこと、起こってたまるか！」

ユリさんの悲痛な叫《さけ》び。

現在の巴《ともえ》の手札は♠2♠3♠4♠5♠Q。フラッシュが完成した。とはいえフラッシュは4カード《クワッズ》より弱い。この手役をもってしても、逆転には至らない。

けれども、まだ余地がある。

巴《ともえ》の手役には、さらなる『膨張《ぼうちょう》』の余地が。

オープンエンドストレートドロー。麻雀《マージャン》で言うところの両面待ち。五枚目にAか6が落ちれば巴《ともえ》の手にはストレートもできる。できたところで、特に意味はないが。なぜなら手役の強さとして、ストレートはフラッシュの下だ。

ただし。

指先が汗《あせ》ばむ。目前に迫《せま》る奇跡《きせき》にすがりたい気持ち。確率の埒外《らちがい》を否定したい気持ち。人間としての俺《おれ》と、ポーカープレーヤーとしての俺《おれ》が真っ向から衝突《しょうとつ》し、全身をずぶ濡《ぬ》れにさせるほどの汗《あせ》を呼ぶ。


最後の一枚をめくった瞬間《しゅんかん》、光が降り注いだような気がした。

陽明《ようめい》学園初等部ポーカークラブに未来をもたらす、♠A。ストレートフラッシュの、完成。

確率は収束しなかった。巴《ともえ》の言う通り、膨張《ぼうちょう》した。

奇跡《きせき》は大数《たいすう》に勝てない。それは必ず真理だ。

でも、もしかして。


——小学生という概念《がいねん》は、奇跡《きせき》の上位互換《ごかん》なのか？


きっとすぐに、この熱病のような火照《ほて》りは身体《からだ》を通り過ぎていくのだろう。

それならば今だけは、認めてもいい気さえしてしまっていた。

小学生は膨張《ぼうちょう》する。だから巴《ともえ》は、確率という概念《がいねん》の殻《から》を打ち破り、飛翔《ひしょう》した。

ほんの一瞬《いっしゅん》だけなら。いや、今日一日だけなら認めてしまっても良《い》いと本気で思うほど、安《あん》堵《ど》と歓喜《かんき》が遅《おく》れてどっと押《お》し寄《よ》せてきた。

「…………………………」

ポーカールームには沈黙《ちんもく》が続いている。ユリさんは目を見開いたまま気絶しているようにさえ見えた。

「…………え、あれ？　勝ちました……よね？」

静寂《せいじゃく》を破ったのは、鞄《かばん》から留子《るこ》特製の手役表を取り出してテーブル上のカードと見比べる、巴《ともえ》の自信なさげな疑問形だった。

とにかく、この日。俺《おれ》たちは救われたのだ。笹倉巴《ささくらともえ》という、一人の小学生によって。

「……巴《ともえ》。君は、救世主かもしれないな。俺《おれ》たちの前に現れてくれて、ありがとう」

思わず俺《おれ》は、巴《ともえ》の小さな掌《てのひら》を両手でギュッと握《にぎ》りしめる。

「うにゅ!?　せ、先生……そんな大げさです！」

目の前の小さな少女の顔が一瞬《いっしゅん》で真っ赤に染まった。大げさなことがあろうものか。巴《ともえ》が密《ひそ》かに救った人間の数は、俺《おれ》ですら把握《はあく》しきれないほどだ。

「……え、えへへ。でも、うれしいです。そんな風に褒《ほ》めてもらったの、私、初めてだから」

手を握《にぎ》られたまま、巴《ともえ》は少しうつむき加減になって、口元をほころばせる。

もはやその面持《おもも》ちから奇跡《きせき》の超越者《ちょうえつしゃ》たる神性はなりを潜《ひそ》め、一人のあどけない少女としての可憐《かれん》さを残すのみだった。

俺《おれ》が見たものは結局なんだったのか。夢か幻《まぼろし》か。それとも。

今はどうでもいい。これからゆっくり確かめていく猶予《ゆうよ》を、巴《ともえ》がくれたのだから。
◆フィエール女学院ポーカー倶楽部棟・エントランス

「本日は練習試合、ありがとうございました！」

戦いを終え、最初に案内された部屋で別れの挨拶《あいさつ》を告げる。

『……ありがとうございま、した』

つい威勢《いせい》の良《い》いお礼を率先《そっせん》して繰《く》り出《だ》してしまった俺《おれ》とは裏腹に、フィエールのメンバー全員が狐《きつね》につままれたような顔をして声を揃《そろ》え損《そこ》ねている。

「なんか、いいんスかね」

「……………………」

そしてこちら側も元気はつらつとは言《い》い難《がた》い雰囲気《ふんいき》に包まれていた。留子《るこ》は反応に困り、朱《しゅ》梨《り》はうつむいたまま無言を貫《つらぬ》いている。

「も、もしかしてみなさん……怒《おこ》ってます？」

異状を察知してしまい、畏《かしこ》まる巴《ともえ》。

「いや、それは心配しなくていいぞ。勝負は水ものだから」

実際問題、フィエールの面々は結果が信じられないだけで怒《いか》りを覚えているわけではないだろう。

「ぐ、が、ぎ……っぐぐぐ。え、衣奈《えな》……さま。やめてくださいしんでしまいます」

「だまれだまれだまれだまれだまれだまれだまれだまれだまれだまれッ！　おま、おまっ！　なんて、なんてことしてくれたのよこのボケナスッ！」

約一名、この勝負の裏に潜《ひそ》む真の価値を知るハミルトン＝衣奈《えな》を除いては。ユリさんの首をチョークスリーパーで絞《し》め上《あ》げようとするその顔は、極限の怒《いか》りで赤く染まりきっていた。

「あんな鉄砲玉《てっぽうだま》、避《さ》けようがありませんっ！　衣奈《えな》さまなら勝てたとでもっ⁉」

「仮定の話なんか訊《き》いてない結果が全て！　あんたのおかげでウチは、ウチは…………………ハッ⁉」

本気でユリさんのことを絞《し》め殺《ころ》しかねない形相だった衣奈《えな》が、ドキリとして動きを止める。

顧問代理《こもんだいり》と名乗った男が、背後から衣奈《えな》に忍《しの》び寄《よ》って肩《かた》をトントンと叩《たた》いた。

「ご主人……ロウ＝ハミルトン様からお呼び立てです。今すぐ帰宅するようにと」

「ちょ、ちょ、待って。お願い待って。帰ったら……今帰ったら……パパから『よーしゃない反省文』を書かされるハメに……」

「失礼致《いた》します。問答無用に連れ帰れとのご命令ですので」

そう言うと男は衣奈《えな》の腰《こし》を抱《だ》き、米俵を担《かつ》ぐようにちんまい少女を運搬《うんぱん》しはじめた。

「ぎゃ、ぎゃあああああああああああああ！　ほんと、ダメ、ダメだってば！　あんたは『反省文の刑《けい》』の恐《おそ》ろしさを知らないからそんな非情な真似《まね》ができるのよ！　あの書いても書いても減らないレポート用紙……まさにこの世の地獄《じごく》……もう二度と嫌《いや》……これはなにかの間違《まちが》いに決まって……**うえええええええええええええええええん！**」

たまらずに泣きじゃくりながら、フェードアウトしていく衣奈《えな》。

南無三《なむさん》。だが同情はしない。俺《おれ》にとって、あの姿こそ明日は我《わ》が身《み》。ていうかむしろ『反省文』とかそのレベルで済むなら少し安心した感覚さえある。負けられない戦いだったとはいえ、衣奈《えな》の受ける罰《ばつ》がもっと深刻なものだったら、さらに良心の呵責《かしゃく》は増すばかりだったろうから。

♠アメリカンダイナー

「本当にセンセーが夕ご飯おごってくれるっスか？　学校のセンセーって給料たいしたことないんスよね？」

「真実をそのまま口に出すばかりだと素敵《すてき》なレディになれないぞ」

フィエールからの帰り道。リムジンの運転手さんに頼《たの》んで途中下車《とちゅうげしゃ》させてもらった。三人にささやかながらお礼の食事でもご馳走《ちそう》しようと思ったのだ。

案の定というべきか、優《やさ》しいお嬢様方《じょうさまがた》は逆に俺《おれ》の懐《ふところ》を心配して眉根《まゆね》を寄せているが。

「すごいものを見せてもらったからな。確かに金はないが、感謝の気持ちくらい届けさせてくれよ」

「せ、先生……そんな風に言って頂けて、嬉《うれ》しいですっ」

瞳《ひとみ》を輝《かがや》かせる最大の殊勲者《しゅくんしゃ》、巴《ともえ》。本人は知る由《よし》もないが、事実上命を救われたに等しいのだ。俺《おれ》にとっては。たとえありがた迷惑《めいわく》でも、なにもお礼せず寮《りょう》に帰す気にはなれなかった。

「あの、やはり私は……」

「それは野暮《やぼ》ってもんスよ朱梨《しゅり》。ここはひとつ、和羅《かずら》センセーの顔を立ててあげるっス」

それに、朱梨《しゅり》の沈《しず》みきった様子も気になっていた。あのツーペアを降りてくれていなければ、そもそも巴《ともえ》の奇跡《きせき》にもたどり着けなかった。みんなで摑《つか》んだ勝利を嚙《か》みしめ、喜んでもいいポジションに、朱梨《しゅり》は存在している。

もちろんチップを奪《うば》われた悔《くや》しさもわかるのだが、誰一人《だれひとり》として朱梨《しゅり》を責めてはいないということを、和《なご》やかな空気の中で伝えてやりたかった。

「朱梨《しゅり》、頼《たの》む。家族と合流した方が美味《うま》いものを食えるんだろうが、今日ばかりは俺《おれ》のわがままをきいてくれないか？」

「家族で食べる食事なんて………」

口ごもる朱梨《しゅり》。ちょっと気になる言い方だったが、ひとまずは追及《ついきゅう》せずいましばらく返事を待ち続けることにした。

「…………わかりました。ごちそうになります」

すると、朱梨《しゅり》は迷いながらも首肯《しゅこう》で答えてくれた。内心ほっとする。

「それでセンセー、あたしたちをどこに連れてく気っスか？」

「下手に高級路線で攻《せ》めても中途半端《ちゅうとはんぱ》になって微妙《びみょう》な反応で終わるのは目に見えてるからな。今回はエンタメ路線で攻《せ》める」

「えんため……面白《おもしろ》そうです！」

「なるほど、それは名案かもっスね。そんで、ここがお目当てっスか。……ほほ～！」

店構えを見て、留子《るこ》と巴《ともえ》が瞳《ひとみ》を輝《かがや》かせてくれた。よし、どうやら作戦は成功かな。

選んだのは、西部開拓《せいぶかいたく》時代のウエスタンスタイルを模した店構えのハンバーガー専門店。こういうところはきっと入ったことがないだろう。そして、遊園地的な楽しみ方をしてもらえるだろう。そんな読みはどうやらピタリとハマったようだ。

「先生、早く入ってみたいです！」

「街中にこういうとこあるんスね～。驚《おどろ》きっス」

既《すで》にウケは上々。なんだか相手の手札を一点読みできた時に似た快感を俺《おれ》は密《ひそ》かに味わった。

幸いにして店内は空《す》いていたので四人掛《が》けのテーブルに着席。メニュー選択《せんたく》も俺《おれ》に任せてもらうことにする。

「おまたせしました～」

しばらくして、届いたのはこの店名物のチーズバーガー。野菜がふんだんに使われており、炭火焼きのパティと合わさってヘルシーかつワイルドな逸品《いっぴん》だ。

「せ、センセー」

「これは……」

留子《るこ》と巴《ともえ》がチーズバーガーを凝視《ぎょうし》しながら固まっている。ん、どうしたんだろう。この店のバーガーはそんなに大振《おおぶ》りじゃないからサイズに怯《ひる》んでいるとも思えないが。

「えっと。ハンバーガー嫌《きら》いだったか？」

「ハンバーガー」

「と、言うんですね。この食べもの」

「ああ。……って、え。ハンバーガー見るのも初めてってことか⁉　留子《るこ》も、巴《ともえ》も⁉」

「はい。恥《は》ずかしながら」

「あたしもっス」

「…………まじか」

見くびっていた。陽明《ようめい》のお嬢様《じょうさま》水準を。もし親御《おやご》さんにハンバーガーを食べさせようとしたことがバレたらヒドく叱責《しっせき》を受けてしまうのではと今さら心配になってきた。

その不安を最も強く感じずにはいられない相手——朱梨《しゅり》に、俺《おれ》はハッと目を向ける。

いつの間にか一人で勝手に頬張《ほおば》り始《はじ》めていた。すごい勢いで。

「………なるほど。あえて赤身肉を使うことにより歯ごたえと肉の旨味《うまみ》を両立させているのですね。それを受け止める野菜たち。トマトとレタスがこれほど牛肉のミンチとマリアージュするなんて驚《おどろ》きです。そしてああ、このピクルスが憎《にく》い。こんなに良《い》い仕事をする薬味は伊豆《いず》産の山葵《わさび》くらいしか比較《ひかく》対象が存在しない。そしてこのじっくり焼き上げた甘《あま》いオニオン。全てが一体となって口の中でオーケストラを奏《かな》でるその様……まさしくニューオリンズのビッグバンド。音の洪水《こうずい》ならぬ……味覚の洪水《こうずい》」

うん。細かいことはさておき、めっちゃ気に入ってくれたらしい。よかった。

「朱梨《しゅり》もハンバーガー初めてか？」

「ええ。なんて罪な食べものを私は記憶《きおく》してしまったのでしょう……ハッ⁉」

突然《とつぜん》我に返り、俺《おれ》の顔を見て目を剝《む》く朱梨《しゅり》。

「気に入った？」

「………………偉《えら》いのは、貴方《あなた》ではなく食文化です」

そらそうだ。

でも、嬉《うれ》しかった。沈《しず》んでいた朱梨《しゅり》が少し元気を取《と》り戻《もど》してくれたこともだし、俺《おれ》の前ではじめてこんな上機嫌《じょうきげん》な様子を見せてくれたことも。

「ふま！　ちょーふまっス！」

「おいしいね留子《るこ》！　こんな食べものあるんだぁ」

留子《るこ》と巴《ともえ》も大満足で完食してくれた。

ふう、コーチとしてはダメダメな一日だったが、これでなんとか最後にひと仕事できたかな。

Pocket Ace!
HAND
3
木之下留子
【きのした　るこ】
♥生年月日：2/2
♥血液型：A
♥身長：141cm
♥クラス：5年5組
♥好きな科目：算数
♥好きな手役：絵札のペア
♥特技：他人の内心を読むこと

♠都内ホテル・大宴会場

毎度毎度、『場違《ばちが》い』を感じ続けてしまったせいでふと思う。いちいち疎外感《そがいかん》を覚えるのは俺《おれ》の被害妄想《ひがいもうそう》なのではないのかと。

そもそも『違《ちが》わないな』と感じる場の方が社会人になってから少ないのだ。二階堂静《にかいどうしずか》に呼び出されるCEOルームにリラックスして入れる日は一生訪《おとず》れないだろうし、陽明学園《ようめい》だって生徒には慣れたものの建物全体には相変わらず敷居《しきい》の高さを感じる。しいて緊張《きんちょう》を感じない場所を挙げるならば……病院……否《いな》。あそこはあえて『違《ちが》う』場として認識《にんしき》しておかねばならないのだ。病院を日常に組《く》み込《こ》むプランなど俺《おれ》にはない。だから病院も含《ふく》め、違《ちが》うと言ってしまえばありとあらゆる場が違《ちが》うのだ。逆説的に言ってしまえば『場違《ばちが》い』であることなどいちいち気にしている方がおかしい。

そうやって何度も自分に言いきかせ、どうしても意識が向いてしまう胸元《むなもと》の蝶《ちょう》ネクタイから気を逸《そ》らすため全力を尽《つ》くす俺《おれ》であった。

全力を尽《つ》くしてる時点でぜんぜん成功していないのは語るに及《およ》ばずだが。『これから絶対にシロクマのことを考えないで下さい』という指示を出されると、誰《だれ》もがシロクマのことを考えずにいられなくなるという心理学上のアレだ。名前は忘れたが。

結局認めざるを得なかった。都内最高級ホテルのバンケットルームで開かれる、ドレスコードがブラックタイのパーティーなんぞ場違《ばちが》いすぎて今すぐ逃《に》げ出《だ》したい。

苫小牧《とまこまい》のIR施設《しせつ》第一号が国内企業《きぎょう》である『デュース・カンパニー』の資本主導で行われることの決定を祝し開かれたこの宴《うたげ》には、大物政治家の顔すらちらほらと拝めるほど要人が大集合していた。間違《まちが》って誰《だれ》かの足でも踏《ふ》もうものなら、翌日謎《なぞ》の不審死《ふしんし》を遂《と》げていてもおかしくないのではと真面目に心配してしまう。

救いなのは、二階堂静《にかいどうしずか》の周りが常に人で溢《あふ》れかえっていることか。利権のおこぼれにすがりたいのだろう。先ほどから下品な笑《え》みを浮《う》かべたおっさんどもの揉《も》み手《で》さすり手待機列が途切《とぎ》れることがない。最後尾《さいこうび》と書いた看板でも掲《かか》げて差し上げたい気分になる。嘘《うそ》だが。

とにかく地球上最も下品な握手会《あくしゅかい》が絶賛開催中《かいさいちゅう》であるおかげで、俺《おれ》は特に誰《だれ》にも紹介《しょうかい》されることなく手持《ても》ち無沙汰《ぶさた》にしていられる。

そもそも、二階堂静《にかいどうしずか》としても別に俺《おれ》のことなど眼中にないのかもしれないが。とはいえ、それならこんな会に呼ばなければいいわけで。

あの男なりの『褒美《ほうび》』のつもりなのだろう。苫小牧《とまこまい》のカジノ利権を『キング・クラブ』から奪取《だっしゅ》したことに対する評価として、暗躍者《あんやくしゃ》をこの場に呼び付けた。

俺《おれ》なんて添《そ》え物《もの》にすら至っていないのが実情なのだが、直々に呼ばれて断るわけにもいかなかった。げにめんどくさきはオトナノツキアイ。

「シュールな光景だ」

地獄握手会《じごくあくしゅかい》を遠目に苦笑《くしょう》する。

まさか、あのおっさん連中は想像もするまい。莫大《ばくだい》な利権を賭《か》けた大バクチをしたのが、小学生の女子たちだなんて。

「ヒマそうっスねーセンセー」

ちょんちょんとわき腹をつつかれたので視線を落とすと、両手に山盛りのケーキが載《の》った皿を持った留子《るこ》がニヤニヤとこちらを見上げていた。

被害妄想《ひがいもうそう》かもしれないが、視線が蝶《ちょう》ネクタイに釘付《くぎづ》けに思えた。わかってる。似合ってない。頼《たの》むから何も言うな。

「お前は食うのに忙《いそが》しそうだな。立食パーティーで取ったものを残すのはマナー違反《いはん》だぞ」

「愚問《ぐもん》っス。あと四皿はいけるっス。ま、あたしも食べるくらいしかやることないんで」

このパーティーに呼ばれたのは俺《おれ》だけではない。本当の殊勲者《しゅくんしゃ》たちも全員、招待を受けている。

だが利権をポーカーで争ったことは極秘裏《ごくひり》のままなので、別に表彰《ひょうしょう》されたりするわけではない。留子《るこ》のムーブが最も『利益的』であることは疑いようもなかった。

「俺《おれ》もせめてメシくらい、しっかり頂いとくか」

「ローストビーフがうまかったっスよ。ローストビーフの概念《がいねん》が変わるっス」

皿を近くのテーブルに置きつつ、有益な情報をくれる留子《るこ》。その出《い》で立《た》ちは華麗《かれい》にドレスアップされていて、いつものパーカー姿とは似ても似つかない。留子《るこ》もご令嬢《れいじょう》だからこういうパーティーには呼ばれ慣れているのかもしれない。

「どしたっスか先生？　あたしの麗《うるわ》しさに見とれてたんスか？」

「そーっスよ」

口調を真似《まね》て冗談《じょうだん》めかしたが、服に注目していたことを見抜《みぬ》かれて内心ドキリとした。さすがはテルリーディングの達人。いつでも気が抜《ぬ》けない。

さておき、実際に留子《るこ》はドレスを完璧《かんぺき》に着こなしていた。グリーンを差し色に使った、フリルとリボンだらけの華《はな》やかなワンピース。花を鏤《ちりば》めたデザインの大きなヘッドドレスが少しフードっぽく見えるのも、留子《るこ》とドレスの調和に一役買っているような気もした。

「そこはもっとアワアワしてくれないとフラグが立たないっス」

「何フラグだ？」

「もちろん逮捕《たいほ》フラグっス」

うん、知ってた。

「他の二人はいっしょじゃないのか？」

「いっしょだったけど、朱梨《しゅり》とはソッコーはぐれたっス。お偉方《えらがた》に摑《つか》まって身動き取れなくなってるっス」

「あー」

二階堂家《にかいどう》の令嬢《れいじょう》ならばさもありなん、か。後で労《ねぎら》いに行くべきか迷うが……ここ数日の朱梨《しゅり》は相変わらず機嫌《きげん》が悪く近寄りがたい。

理由は推《お》して知《し》るべし。陽明側《ようめいがわ》で自分だけチップを失ったのが未《いま》だに屈辱《くつじょく》なのだ。あの[A][K]ツーペアを降りてくれたからこそ勝てたようなものなのだが、本人は自責の念に駆《か》られずにはいられないらしい。真面目すぎるのも困りものである。

「巴《ともえ》は？」

「ずっといっしょだったっスけど、あたしがセンセーみつけて声かけに行こうとしたら逃《に》げたっス」

「え、なんで？」

「ドレス見られるの恥《は》ずかしいらしいっス」

それはまた、どう考えるべきか。個人的には正直興味がある。あのお嬢様感《じょうさまかん》の薄《うす》い巴《ともえ》がドレスアップした姿って、どんな感じだろう。間違《まちが》いなく可愛《かわい》らしいとは確信するが、頭の中で想像するのはなかなか難易度が高い。

「見られたくないなら無理に見に行かない方がいいか」

「寝言《ねごと》は寝《ね》て言えっス。フラグ立てる気ない男に物語の主役が務まるわけないっスよ？」

うるさい。逮捕《たいほ》フラグで成立する物語の主役なんてこっちから願い下げだ。

「あーもう。しゃらくさいっス。ほら、こっち！」

「え、おいおい……⁉」

留子《るこ》が自分のケーキ皿を放置して俺《おれ》の手を引き、壁《かべ》ぎわの方へ引っぱっていった。

つまり、ここは見てあげるのが正解ということだろうか。巴《ともえ》のドレス姿を。

そう言われればそうなのかも、という気もしてくる。せっかくの晴れ着だ。記憶《きおく》にすら留《とど》めないというのは失礼にあたるのかもしれない。たとえ本人が本気で恥《は》ずかしいのだとしても。

その辺の判断は現役《げんえき》小学生であり、かつテルリーディングの達人にお任せした方が間違《まちが》いなさそうだ。

「お、発見っス」

留子《るこ》が双眼鏡《そうがんきょう》を持つようなジェスチャーで壁《かべ》ぎわを見た。つられてそちらに目を向けると、自分の身体《からだ》を抱《だ》くようにしてモジモジしている巴《ともえ》の姿が。

纏《まと》っているのは白いノースリーブのドレスだ。留子《るこ》のドレスより可愛《かわい》らしさが強調されていて、巴《ともえ》のあどけない面持《おもも》ちとよく調和している。

「やあ、巴《ともえ》」

「あっ⁉　せ、せんせい！」

声をかけると巴《ともえ》は飛び上がらんばかりにびっくりして内股《うちまた》になり、ももの間に自分の両手を挟《はさ》み込《こ》んだ。謎《なぞ》のリアクションだが、なんとなく罪悪感を喚起《かんき》させられるポーズだった。

「い、いえこれはあの。違《ちが》うんです！　私、ドレスとかあまり着ない方なので困っていたら、朱梨《しゅり》が用意してくれたもので……」

訊《き》く前から事情説明してくれる巴《ともえ》。借り物なのか。とてもよく似合っているから自前と言われても疑わなかったが、確かに巴《ともえ》のセレクトにしては結構大胆《だいたん》なデザインだなという気もしてくる。

それはいいとして、あまり前屈《まえかが》みになるとその……胸元《むなもと》が。

「よく似合ってるぞ。全然恥《は》ずかしがらなくていいんじゃないか？」

慌《あわ》てて視線を移動させつつ、嘘《うそ》っぽくならないよう真摯《しんし》に伝える。

「ほ、本当ですか……!?　肩《かた》とか丸だしですごく恥《は》ずかしいんですけど。先生にそう言って頂けるなら……え、えへへ」

頬《ほお》を染め、はにかむ巴《ともえ》。やはりお嬢様《じょうさま》というより、年相応の小学生という印象を強く抱《いだ》かせる、純朴《じゅんぼく》な表情だ。

だからこそ、練習試合の日以来俺《おれ》は巴《ともえ》を前にするとわずかに混乱を覚える。

いったいこの身体《からだ》のどこに、あの大胆《だいたん》さを秘めているのだろうと。

言葉を選ばなければ、巴《ともえ》の度胸はもはや狂気《きょうき》の領域だ。それなのに、巴《ともえ》からはいっさいその手のギャンブラー的な、ある種の破滅《はめつ》願望みたいなものを感じない。

強いポーカープレーヤーは、多かれ少なかれ死臭《ししゅう》を纏《まと》う。運命に、いつ殺されるかわからないという諦観《ていかん》を漂《ただよ》わせている輩《やから》ばかりだ。朱梨《しゅり》もそうだし、なかなかポーカーに対し真剣《しんけん》になってくれない留子《るこ》ですらそうだ。

なのに笹倉巴《ささくらともえ》という少女からは、生気しか感じ取れない。経験が浅いからだろうか。可能性はあるが、どうも違《ちが》う気がする。

変な意味ではなく、宗教で言うところの『予定説』が身に染《し》みている。現時点で言葉を探すなら、それが最も適切であるように感じた。どう足掻《あが》いても、未来は既《すで》に決定づけられたレールの上に存在する。ならば、最も自分の望む道だけを選び続けていれば良《い》い。外れたとして、外れることに対し抗《あらが》う術《すべ》はないのだから。

それが、巴《ともえ》の持つ信条なのではないかと感じつつある。真相はわからないし、急にぞんな話をされても巴《ともえ》は首を捻《ひね》るばかりだろうが。

とにかく巴《ともえ》は、俺《おれ》や留子《るこ》、朱梨《しゅり》とは違《ちが》うタイプの人間だ。その差異に、俺《おれ》は自分でも意外なほど興味を惹《ひ》きつけられていた。

「せ、先生……あ、あまり見つめられると、その……恥《は》ずかしいです」

「っと⁉ すまん！ そんなつもりじゃなかったんだ！」

ハッとして謝《あやま》る。無神経にも、俺《おれ》は腕《うで》組《ぐ》みして延々と巴《ともえ》を見下ろすような真似《まね》をしてしまった。これではまた留子《るこ》に現行犯逮捕《たいほ》とか茶化されても文句がいえない。

「…………ん？」

ふと、別方向から悪寒《おかん》を感じて目を向ける。

「う」

オッサン共の列に捕《つか》まった朱梨《しゅり》が、氷の槍《やり》を具現化したかのごとき視線を俺《おれ》に突《つ》き刺《さ》していた。侮蔑《ぶべつ》。実に純度の高い侮蔑《ぶべつ》の感情が読み取れる。

それもまた、俺《おれ》にとっては混乱の種となる。

朱梨《しゅり》はどんな感情でもって俺《おれ》を侮蔑《ぶべつ》するのか。結論としては理解できても、思考過程としての内心を把握《はあく》できるほど、俺《おれ》は乙女心《おとめごころ》に詳《くわ》しくない。

「……センセーって、女に首の動脈切られて最期《さいご》を迎《むか》えるタイプっスよね」

「どういう意味だよ」

「がんばって理解できるようになって下さいっス。血の噴水《ふんすい》スポットになる前に」

留子《るこ》がますます俺《おれ》を悩《なや》ませる。

ポーカーテーブルの上での話だろうか。女性に油断しがちだとでも?

……違《ちが》うだろうな。

「巴《ともえ》。ローストビーフ食べに行かないか？　美味《うま》いらしいぞ」

「あっ、行きたいです！　実は私、緊張《きんちょう》しちゃってあんまり食べもの取りにも行けてなくて。先生といっしょなら安心です……えへへ」

なんとなくいたたまれなくなり、巴《ともえ》を誘《さそ》ってこの場を離《はな》れた。

留子《るこ》は呆《あき》れ加減《かげん》に肩《かた》をすくめ、置きっぱなしにしたケーキの方へ戻《もど》っていった。

氷の槍《やり》は、何度も後頭部に刺《さ》さり続《つづ》けた。怖《こわ》くて振《ふ》り返《かえ》ってないが、たぶん。

「そういえばなんですけど、先生」

「ん？」

ドレスを乱さぬよう小さな歩幅《ほはば》でぎこちなく人波をかき分ける巴《ともえ》が、不意に顔を上げた。

「これからの活動って、どんな感じに進むんですか？　目標とか」

「とりあえず、最大の目標は全国大会だが、予選は夏休みになってからだな」

「じゃあまだ、ひと月以上ありますね」

「ああ。だから少しのんびりできるし、巴《ともえ》には今のうちにじっくり技術を身につけてもらおうと思っているよ」

俺《おれ》は巴《ともえ》に微笑《ほほえ》みかける。練習試合に向けて付《つ》け焼《や》き刃《ば》になってしまった部分もあったし、とりあえずは一度基礎《きそ》に立ち返ってじっくりポーカーを楽しんでもらうつもりだ。

「そうなんですね、よかった。ますます部活が楽しみです！」

ほっとした様子で両手を合わせる巴《ともえ》。やはりいきなりレギュラーに駆《か》り出《だ》されて緊張《きんちょう》も強かったのだろう。和気あいあいとした時間の訪《おとず》れは、最大の殊勲者《しゅくんしゃ》たる巴《ともえ》に対するいいプレゼントになりそうだ。

……和気、あいあい。

「…………」

「先生？　どうしました？」

「ん。いや、なんでもない」

誤魔化《ごまか》すように首を振《ふ》る。牧歌的なフレーズを頭に思《おも》い浮《う》かべた瞬間《しゅんかん》、妙《みょう》な胸騒《むなさわ》ぎがしたことについては、黙《だま》っておこう。

そういうスピリチュアルな感覚とは袂《たもと》を分かって久しい。虫の知らせなどに気を取られていて、強いポーカープレーヤーになどなれるはずがあろうか。

今この瞬間《しゅんかん》に考えるべきことはただ一つ。ローストビーフを何枚もらっていくか。それだけで充分《じゅうぶん》だ。

「あ」

「マジかよ」

噂《うわさ》のローストビーフは大盛況《だいせいきょう》を呼《よ》び込《こ》みすぎたらしく、皿の上はすっかり空になっていた。

「……待ってれば、新しいのが届くだろ。きっと」

「そ、そうですよね。きっと。むしろラッキーかもしれません！」

無理矢理ポジティブ思考を盛り上げて、巴《ともえ》と励《はげ》まし合《あ》う。

そんな行為《こうい》もまた確率に対しフラットになりきれていない、弱い心の表れだと気づいてはいたのだが。

いくら待てども、ローストビーフは補充《ほじゅう》されないまま宴《うたげ》はお開きを迎《むか》えた。

◆陽明学園初等部・ポーカールーム

パーティーの翌日、朱梨《しゅり》が学校を欠席した。

風邪《かぜ》との連絡《れんらく》だったが、実際は疲労過多《ひろうかた》だろう。やりたくもない挨拶回《あいさつまわ》りと衣奈《えな》に罠《わな》を仕掛《しか》けられたストレスのダブルパンチで心身とも限界に達した。そう考えるのが妥当《だとう》だ。

窓の外はしとしとと雨が降り注いでいた。

「…………」

巴《ともえ》は部室の蔵書で勉強中。留子《るこ》はいつもの人工知能相手にハンド分析《ぶんせき》。もともと騒《さわ》がしくなることは少ないクラブだが、今日はいつにも増して沈黙《ちんもく》が続く。時折窓にぶつかる雨粒《あまつぶ》の音が、やけにうるさく響《ひび》いていた。

俺《おれ》はと言えば、ネットポーカーのトーナメントでファイナルテーブルに到達《とうたつ》したところ。それなりの金を賭《か》けた、れっきとした真剣《しんけん》勝負だ。

日本にいながらネットで賭博《とばく》なんて犯罪では……と疎《うと》い人間には思われがちだが、このオンラインカジノの運営元はヨーロッパにあるので俺《おれ》は今ヨーロッパのカジノにネット経由で遊びに行っている体《てい》だ。だから問題ない。

……と、いう回りくどい言い訳すらもはやとっくの昔に必要なくなったのだが。現在、日本でオンラインカジノは合法化されている。ただし、厳しい入金額の制限が設けられており大金をブチこむことは不可能だが。

だとしても、だ。少額を大切に育て上げていった結果として、大金がストックされている状況《きょう》に持《も》ち込《こ》んでしまえばあとは普通《ふつう》のカジノとなんら変わりない額を運用できる。手前味噌《てまえみそ》だが、俺《おれ》はまがりなりにも世界一を目指しているプレーヤーだ。今いくら賭《か》けて争っているかという問いには、もう一度『それなり』と答えておこう。

それより就業規則的にどうなのか、というツッコミには口ごもらざるを得ない。しかしまあそこはそれ。少女たちの育成だけでなく自己鍛錬《じこたんれん》も二階堂静《にかいどうしずか》との契約《けいやく》の一部なのだから違約《いやく》はしていないだろう。たぶん。

朱梨《しゅり》がおらず卓《たく》も立たないのであれば金稼《かねかせ》ぎ……もとい自己鍛錬《じこたんれん》に少しばかり時間を回させて頂く。そう、俺《おれ》はセコくて金に飢《う》えている。そういう人間だ。認めよう。

「センセー。あたしもそっちでプレーしたいっス」

「すまんが十年我慢《がまん》しろ。小学生に垢貸《あか》すのはさすがにNG」

日本でのオンラインカジノは合法化されたが、賭博《とばく》は二十歳《はたち》になってから。教師として留子《るこ》のリクエストは拒否《きよひ》せざるを得なかった。気持ちはわかるし、留子《るこ》ならオンラインでもそこそこ戦《たたか》い抜《ぬ》ける実力があるとは思っているのだが。

「あーあ。退屈《たいくつ》っス」

椅子《いす》に寄りかかり、天井《てんじょう》を見上げる留子《るこ》。

「…………………」

ほどなく、ポーカールームに沈黙《ちんもく》が戻《もど》ってきた。

「……雨、やみませんねぇ」

長い間テキストを読みふけっていた巴《ともえ》が、ふと窓の方を見た。雨脚《あまあし》は弱まるどころか、ますます強くなっていた。どんよりとした空気が、外の景色を薄暗《うすぐら》く包《つつ》み込《こ》んでいる。

「……そういえば、あの日もこんな感じだったよな。強い雨が降っていて、朱梨《しゅり》が欠席で」

ふと記憶《きおく》が蘇《よみがえ》り、俺《おれ》はぼそりと呟《つぶや》く。

「あの日？　なんの話ですか？」

興味津々《きょうみしんしん》に巴《ともえ》が前のめりになった。少し座学に退屈《たいくつ》し始《はじ》めていたのかもしれない。

「半年くらい前……いや、正確にはもう七ヶ月と少しくらい経《た》っているのか。ひどい雨が降っていて、留子《るこ》と朱梨《しゅり》が四年生で、まだこの部に五年生と六年生が何人もいたころの話だ」

「やめるっスよセンセー。……思い出したくもないっス」

珍《めずら》しく強い口調で、俺《おれ》の言葉を遮《さえぎ》る留子《るこ》。その面持《おもも》ちは嫌悪感《けんおかん》に染まりきっていた。

「え、聞きたい聞きたい。これでお預けなんて耐《た》えきれないよ」

「……お化けが出たんスよ。この部屋に」

「え⁉」

一瞬《いっしゅん》で青ざめる巴《ともえ》。どうやら怪談《かいだん》の類《たぐい》は苦手なようだ。

「大丈夫《だいじょうぶ》。もうお化けはいないっス。勝手に現れて、勝手に消えたっス」

深く息を吐《は》きながらそう言って、留子《るこ》は立ち上がった。元々被《かぶ》っていたフードをさらに目深《まぶか》に引き下げる。

「もっと詳《くわ》しく聞きたいならあとはセンセーからどうぞっス。あたしは早退するっス」

留子《るこ》が荷物をまとめだした。冗談《じょうだん》でも何でもなく、本気で帰るつもりらしい。

……やはり、まだ。完全にはダメージから回復していないのだな、と思い知らされる。後日《ごじつ》譚《たん》として語るにも、留子《るこ》にとっては難しいらしい。あの『事件』については、相変わらず。

「集団催眠《さいみん》か何かだったんスよ。きっと。あんなバケモノ、本当は存在すらしてなかった。あたしはそう思いたいっスね」

扉《とびら》の方へまっすぐ歩いていく留子《るこ》。

その扉《とびら》が開いた。

「…………え」

留子《るこ》がノブに手をかける、はるか手前で。

「へー。んで、そのバケモノってのは、どんな顔をしてたんだい？　もしかして、こんな顔だ

った り?」

ずぶ濡《ぬ》れの、長髪《ちょうはつ》。雲のような銀色が顔に貼《は》り付《つ》き、目元を覆《おお》っている。口だけが露《あら》わで、長い八重歯《やえば》がむき出しになって鈍《にぶ》い光を放つ。

ぬらり、ぬらりとした歩みで留子《るこ》に近付き、その銀髪《ぎんぱつ》の少女は嗤《わら》う。

「ただいま。亡霊《ぼうれい》の帰還《きかん》だよん。てゆーかタル子《こ》、まだいたの? 才能ないから辞《や》めろってあれほど言ったじゃ~ん」

「あ……あ……」

肩《かた》を震《ふる》わせ、固まる留子《るこ》に、ずぶ濡《ぬ》れのそいつは耳元で囁《ささや》く。

「それとも、まだ悪夢が見足りない?」

♠陽明学園初等部・ポーカールーム(七ヶ月前)

「……マーヤ・オーケルマン。スウェーデン人か」

手渡《てわた》された学生証と、ずぶ濡《ぬ》れの少女とを俺《おれ》は見比べる。

「んー? どうなんでしょうね。親は日本に帰化するらしいので、ワタシもこれから日本人になるのかも。ま、どっちでも良《い》いですけど。国籍《こくせき》なんて」

したたり落ちる水を気にした様子もなく、銀色の髪《かみ》と水色の瞳《ひとみ》の持ち主である少女はあご先に指を置いた。先日この学園に編入してきたという四年生は明らかに異邦《いほう》の顔立ちなのに、日本語のイントネーションは完璧《かんぺき》だった。いろいろバックストーリーを持っていそうだが、俺《おれ》としては別に興味もない。

「入部希望ってことで良《い》いんだよな？　とりあえず、タオル使って」

「あ、ドモドモ～」

運良く未使用のスポーツタオルを持っている部員がいたので、拝借してマーヤと名乗った少女に渡《わた》す。西洋人は多少の雨くらいじゃ傘《かさ》を使わないと聞きかじったことはあったが、これほどびしょびしょになるような天気でも例外ではないのだろうか。

それも個人の自由かと言いたいところだが、ずぶぬれの小学生は見ていていたたまれない。タオルを渡《わた》したのは身体を隠《かく》せというメッセージでもあったのだが、異邦《いほう》の少女は雑に髪《かみ》を拭《ぬぐ》うとすぐにタオルをこちらに投げ返してきてしまった。

「確認《かくにん》なんですけど、どーゆーポーカーやってるんですか？　まさかファイブドローじゃないですよね？」

「そこはご心配なく。ＮＬＨＥ《ノーリミットホールデム》が必修で、ＰＬＯ《ポットリミットオマハ》ができる部員も多い。ミックスルールだって興味があるなら指導するぞ」

説明すると、マーヤはニコリと笑った。どうやら満足のいく状況《じょうきょう》だったらしい。

こちらとしても即戦力《そくせんりょく》になりそうな四年生の登場は密《ひそ》かに胸躍《むねおど》る思いだった。北欧《ほくおう》と言えばポーカー先進国として真っ先に名の挙がる地域。陽明《ようめい》ポーカークラブは現状全体的に発展途《と》上《じょう》とはいえ、四年生にかなりのポテンシャルを秘めた二人がいる。マーヤも同様だとしたら、あと一年もすれば全国レベルで戦えるチームが作れる。

否《いな》、作らねばならない俺《おれ》にとって、マーヤはまさしく渡《わた》りに舟《ふね》の人材に思えた。

「……ただ、このクラブは誰《だれ》でも歓迎《かんげい》というわけじゃないんだ」

はやる気持ちを抑《おさ》えて咳払《せきばら》いを一つ。スウェーデンはポーカー強豪国《きょうごうこく》だが、スウェーデン生まれだから必ずポーカーが強いとは限らない。やはり万全《ばんぜん》を期して、他のメンバーと同じように入部テストを受けてもらう必要はあるだろう。

「そうなんですか？　強すぎるとハブられるとか？」

思わず噴《ふ》き出《だ》してしまった。なんという自信。もちろん喜ばしいことではあるが。

「違《ちが》う、違《ちが》うよ。もちろん逆。強いメンバーだけを探しているんだ」

「へえ」

マーヤがまた笑った。

いや、嗤《わら》った。獲物《えもの》に食らいつく鮫《さめ》のような、温度のない嗤《わら》い顔《がお》を、この時ようやくマーヤは披露《ひろう》した。

「んじゃ、カズラ先生にいいニュースがあります」

「ん？　なんだ？」

「ワタシ得意なんですよ。ザコに、身《み》の程《ほど》知らせてやるのが」

そう言って立ち上がったマーヤは、ぬらりぬらりと這《は》い寄《よ》るようにテーブルへ近付いていく。

「座《すわ》って座《すわ》って。このテーブルを囲む価値があるヤツ、ここに何人いるか、ワタシが手っ取り早く確かめてあげるからさ」

そして、上級生たちに向かってなんの躊躇《ためら》いもなく過激な挑発《ちょうはつ》を浴びせかけた。

「ちょっと、なんなの」

当然、部屋全体に緊張感《きんちょうかん》がほとばしる。

一人、また一人と、先にテーブルについたマーヤを包囲するように、部員たちが椅子《いす》に腰《こし》を下ろす。

俺《おれ》は苦笑《くしょう》混《ま》じりに、ディーラーとしてテーブルについた。

「あたしも入っていいっスか。これでちょうど九人っスし」

ニヤニヤしながら留子《るこ》が俺《おれ》に尋《たず》ねる。

「ああ。もちろん」

ただし、お手柔《てやわ》らかにな。そうアイコンタクトを送ると、留子《るこ》はますますニヤニヤした顔つきになる。ちょっと心配だ。あまり派手に洗礼を浴びせすぎないでほしいものだが。

そんなことを考えていた。

事の重大さに、俺《おれ》たちは誰一人《だれひとり》としてまだ気がついていなかったのだ。

ゲームが始まる。

十分が経《た》ち、三十分が経《た》った頃《ころ》。

上級生のおおよそ半分が、マーヤの手によって壊《こわ》されていた。ポーカープレーヤーとして、二度と再起不能なほどに。

一時間経過して、生き残っていたのは留子《るこ》一人だけだった。

その留子《るこ》も、壊《こわ》されかけていた。あのままゲームが進行していたら、留子《るこ》もまたカードを握《にぎ》れない身体《からだ》になってしまっていたかもしれない。

「……失礼します。遅《おそ》くなり申し訳ありません」

二階堂静《にかいどうしずか》からの招集で、その日学校を欠席していた朱梨《しゅり》が、寮《りょう》に戻《もど》るついでに部室にも足を運んでくれていなかったなら、留子《るこ》の選手生命も危なかった。

なにしろ、あの日以来なのだ。留子《るこ》があらゆる場面で怠惰《たいだ》になり、あらゆる場面でフードを被《かぶ》っていないと、日常生活すらままならない性格になってしまったのは。

プレーヤーとして半死半生の留子《るこ》を庇《かば》うように、朱梨《しゅり》はマーヤにヘッズアップ勝負を挑《いど》んだ。

二時間にも及《およ》ぶ死闘《しとう》の末、勝ったのは朱梨《しゅり》だった。

「なるほどね。おめでとうカズラ。一人だけいたよ。わりかし強いのが」

そう言い残し、マーヤはあっさりと部室を去った。

以来一度も、あの銀色の亡霊《ぼうれい》を学園内で目にした者はいない。

♣陽明学園初等部・ポーカールーム（現在）

「へ〜。結局、上級生全員辞《や》めたんだ。賢明《けんめい》だね。時間の無駄《むだ》を避《さ》けられた。ワタシとしても貢献《こうけん》できて鼻が高いよ」

我《わ》が物顔《ものがお》でポーカーテーブルの上であぐらをかき、しみじみと頷《うなず》くマーヤ。

誰《だれ》のせいだと思っているのだ……と、喉元《のどもと》まで出かけて結局俺《おれ》は何も言えない。誰《だれ》のせいでもない。マーヤはただポーカーをプレーしただけ。そして、ほぼ全員が心を折られてポーカーから離《はな》れた。結局はそれが全てなのだから。

「マーヤ。全然姿を見なかったけど陽明《ようめい》に通っていたのか？　今まで何してた？」

「んーちょっとね。いろいろ用事がありまして。あんま学校には来てなかったよ」

「いろいろ？」

「マンションポーカーの代打ちとか。詳《くわ》しくは言えないんだ。余計なこと話すと東京湾《とうきょうわん》に沈《しず》められるから。ゴメンネ」

しれっととんでもないことをのたまうマーヤ。はぐらかされているだけだと思うが……あながち嘘《うそ》と否定もしきれない。本当にそういう死線をくぐってきたかのような凄《すご》みが、確かにこの北欧《ほくおう》少女には宿っている。

「……真実なら看過できないが。さておくとしてこの期《ご》に及《およ》んで何しに戻《もど》ってきた？」

「そうそれ！　それが大事……なんだけど」

キョロキョロ辺りを見回し、眉《まゆ》をひそめるマーヤ。

「シュリは？　いないの？　死んだ？」

真顔で縁起《えんぎ》でもないことを。

「生きてる。今日は欠席してるだけだ」

「よかった。シュリいないと意味ないしね」

「……？」

眉根《まゆね》を寄せる俺《おれ》に対し、マーヤは『これは神からの思《おぼ》し召《め》しです』とでも言いたげな慈愛《じあい》を込《こ》めた微笑《ほほえ》みを浮《う》かべる。

「あらかた倒《たお》したからもう良《い》いかなって思ったんだけど、おめでと！　気が変わった。ワタシ、このクラブ入ってあげるよ」

「…………」

言葉を失ってしまった。喜怒《きど》哀楽《あいらく》全ての感情に対し、その発言は俺《おれ》に衝撃《しょうげき》を届けた。お前が崩壊《ほうかい》させておいて何を今さらという思いが四分の一くらい。二階堂静《にかいどうしずか》の傀儡《かいらい》の立場として、強力なメンバー加入宣言に対する堪《こら》えきれない歓喜《かんき》が四分の一くらい。この後の人間関係を思った途端《とたん》早くも感じた胃痛が四分の一くらい。

そして、残るは。

「何が目的だ？」

純粋《じゅんすい》な疑問が四分の一くらい。

「ちょっとね、この前ボコりたいヤツ見つけたんだ。このクラブ、いちおー全国優勝目指してるんでしょ？」

「目指すさ、そりゃ」

「そうこなくちゃ。そいつとオフィシャルなところで真剣《しんけん》勝負したいからさ、いいよ。シュリと組んでこのクラブで全国目指したげる」

つまり、真面目にポーカーをプレーするため、帰ってきたということなのか？

だとすれば、いろいろわだかまりは感じつつも喜ぶべき状況《じょうきょう》ということになるが……。

「……って、思ったんだけど。ダメじゃんこれ。部員いないじゃん。最低三人いないと全国大会出られないんでしょ？」

だから、誰《だれ》のせいだ。

そう責め立てたい思いを呑《の》み込《こ》んで俺《おれ》はあくまで冷静に答えた。

「そこに二人いるだろ。マーヤが本当に入ってくれるなら四人になる」

ぴょん、とマーヤがポーカーテーブルから飛び降りた。そして、まっすぐ巴《ともえ》の方に向けて歩み寄る。

「キミ、ポーカー歴は？　見た感じザコっぽいけどやっぱザコ？」

「ひ、ひどい……。確かに、ポーカー歴は浅いですけど……」

既《すで》に場に圧《お》され沈黙《ちんもく》していた巴《ともえ》が、ますますたじたじと壁《かべ》ぎわに追《お》い詰《つ》められていく。

俺《おれ》は巴《ともえ》の功績についてありのままの事実を伝えることにした。助け船を出してやりたいという気持ち……というより、純粋《じゅんすい》にマーヤの反応が知りたかった。

マーヤが、この前の連続オールインに対しどんな感想を抱《いだ》くか。そんな興味の方が強かったのかもしれない。

「部の救世主だぞ、巴《ともえ》は」

とんでもないクズ手で、連続オールイン。そして勝利をもたらした笹倉巴《ささくらともえ》というルーキーについて淡々《たんたん》と事実を語るにつれ、マーヤの肩《かた》が震《ふる》えていく。

「あっはははは！　ホントにドシロートじゃん！　バカじゃないの⁉」

やがて、マーヤは大笑いで腹を抱《かか》えながら巴《ともえ》を指さした。

「うう。でも、だって……」

ふくれっ面《つら》になりながらも、反論できないでいる巴《ともえ》。

すると突然《とつぜん》、マーヤは高笑いを止《や》めて巴《ともえ》をまっすぐ見つめた。

「だって、何？」

「え？」

「だって、勝てると思った？」

そんな質問を投げかけるマーヤ。求めている反応は、俺《おれ》にもわからなかった。

「勝てると思った…………。それは、ちょっと違《ちが》うかもしれない」

「その心は？」

「これで負けるなら、私はポーカーから拒《こば》まれた。そういうことなのかなって……ええと」

しどろもどろに巴《ともえ》が答える。論理的な返答ではない。なのに、マーヤはふっと口角を持ち上げ、巴《ともえ》の肩《かた》をポンと一度叩《たた》いてみせた。

「気に入った」

「……………？」

「偶然《ぐうぜん》に対する身構え方さ。気に入ったよ。悪くない。死《し》に際《ぎわ》が美しそうだ。美しいものは、嫌《きら》いじゃない。オッケー。キミでいい。シロートなことはこのさい妥協《だきょう》しよう。シュリと、キミと、ワタシで全国めざそ」

ぐっと親指を突《つ》き立《た》てるマーヤ。

巴《ともえ》は圧倒《あっとう》されたまま話について行けていない様子だった。返事もままならず目を白黒させている。

「というわけで、タル子《こ》。お前はいらない。出てっていーよ」

俺《おれ》もまた、しばし呆気《あっけ》にとられていたが、そんな無情な一言によって我に返った。巴《ともえ》も驚《おどろ》きで定まってなかった視線がビクリとまっすぐマーヤに向く。

「……何様のつもりっスか」

いきなり槍玉《やりだま》にあげられた留子《るこ》が、ここまで長らく保ち続けてきた沈黙《ちんもく》を破り、深く被《かぶ》ったフードの奥《おく》から絞《しぼ》り出《だ》すように声を漏《も》らした。

「お前才能ないじゃん。お前とじゃポーカーは戦えない。戦力外通知。タル子《こ》のためにも、さっさとポーカー辞《や》めて他のお遊戯《ゆうぎ》でもしてな」

「…………っ」

嚙《か》みしめた歯をむき出しにして、留子《るこ》がマーヤに詰《つ》め寄《よ》る。目元は隠《かく》れたままで、その表情の全てを窺《うかが》うことはできない。

「朱梨《しゅり》に負けたくせにデカい態度っスね」

「単発のヘッズアップなんて半分じゃんけんでしょ。一度負けたくらいで何の意味がある?」

この論争に関してはマーヤに分がある。たしかにあの日、マーヤは朱梨《しゅり》にヘッズアップで負けた。しかし、その事実をもってしてマーヤが朱梨《しゅり》より弱いとは断言できない。

「ま、打ち合えば相手のレベルくらいはわかるけどね。シュリは強いよ。それは認めてる。でも、お前は弱い。それも致命的《ちめいてき》に。だからお前はいらない」

「…………」

押《お》し黙《だま》る留子《るこ》。その内心を、推測することはできない。

ただ、返す言葉を見つけられずにいることだけは、伝わってしまう。

俺《おれ》もまた、口を挟《はさ》めなかった。実際留子《るこ》がマーヤに壊《こわ》されかける場面を、目の当《まあ》たりにしてしまったのだ。言いたいことの意味は、嫌《いや》というほど伝わってしまう。

弱点があるのは確かだった。留子《るこ》の持つ弱さの一面。それを、マーヤは決定的に嫌《きら》っているのだろう。

「待って下さい！」

たまらず間に飛《と》び込《こ》んでいったのは巴《ともえ》だった。面持《おもも》ちは怒《いか》りで染まっている。ここまで切磋《せっさ》琢磨《たくま》してきた仲間である留子《るこ》を侮辱《ぶじょく》され、我慢《がまん》ならない様子だ。

俺《おれ》も、心情的には巴《ともえ》に味方したかった。留子《るこ》に対する攻撃《こうげき》を止《や》めさせたかった。教師としては、そうしない理由など何もないだろう。

しかし。

「どしたルーキー？」

「留子《るこ》に、なんでそんなひどいこと言うんですか！　留子《るこ》はすごいプレーヤーで、私は心から尊敬しています！　私は……あなたと全国を目指す気はありません！　目指すなら、留子《るこ》と目指します！」

「……巴《ともえ》」

厳しい眼差《まなざ》しをマーヤに向ける巴《ともえ》。留子《るこ》はその姿に、フードの奥《おく》で声を震《ふる》わせる。

「なるほどなるほど」

まったく動じた様子もなく、巴《ともえ》の肩《かた》を叩《たた》くマーヤ。

「ルーキー、タル子《こ》が負けたとこ、見たことあるかい？」

「えっ。……それは」

ない。巴《ともえ》はまだ、留子《るこ》が練習以外で相手に征圧《せいあつ》される場面を見たことがない。

だから、本当の意味でマーヤが言いたいことを、理解できていない。

巴《ともえ》はまだ、留子《るこ》の抱《かか》える弱点について何の知識も持っていないのだ。

「オーケー。未来のチームメイトが気持ちよくゴミをゴミ箱に放《ほう》り込《こ》めるよう、ワタシが一役買ってあげよう」

そう言って、マーヤはストンとポーカーテーブル前の椅子《いす》に腰《こし》を落とした。

「こいよタル子《こ》。ヘッズアップだ。もし勝てたらワタシの方が入部を諦《あきら》めてあげる。もしも、タル子《こ》が勝てたらね」

「…………」

挑発《ちょうはつ》に対し、留子《るこ》は動かない。フードを目深《まぶか》に被《かぶ》ったまま、うつむき続けている。

「留子《るこ》……」

巴《ともえ》が呼びかける。焚《た》き付《つ》け、鼓舞《こぶ》するニュアンスが声に込《こ》められていた。留子《るこ》ならば勝てる。

巴《ともえ》は本気でそう思っているのだろう。

でも、悲しいことに俺《おれ》は確信してしまう。

たとえ運の要素が強いヘッズアップでも、留子《るこ》はマーヤに勝てない。

相性《あいしょう》が悪すぎる。

留子《るこ》自身も、そのことを嫌《いや》というほど過去に思い知らされている。

「…………っ！」

長い沈黙《ちんもく》の果て。留子《るこ》が選んだ行動は、唇《くちびる》を噛《か》みしめたままポーカールームを飛び出し、傘《かさ》も持たず雨の中へ突《つ》っ込《こ》んでいく――というものだった。

事実上の、敗北宣言。

「留子《るこ》！　どうして……⁉」

慌《あわ》ててその後を追いかける巴《ともえ》。

俺《おれ》は何もできなかった。教師として、最悪の不作為《ふさくい》。

「はい逃《に》げた。賢明《けんめい》。……とりま先生、コーヒーでも飲もうか。ワタシブラックね。とびきり苦い、眼《め》の醒《さ》めるヤツ」

だとしても、鉄火場に送《おく》り込《こ》まれたポーカーのコーチとしては、マーヤを追い出してしまうことなどできるはずがなかった。

留子《るこ》とマーヤの序列をつけろと言われたなら、俺《おれ》は迷わない。迷うことができない。

降り注ぐ雨を、窓越《まどご》しに見つめる。

巴《ともえ》に期待してしまっていた。留子《るこ》を元気づけてやって欲《ほ》しいと。そんな自分が、たまらなく小狡《こずる》い存在に思えて仕方がなかった。


♠陽明学園初等部・ポーカールーム（七ヶ月前）

「名前、なんだっけ？」

上級生たちを瞬《また》く間《ま》に破産させ、茫然自失《ぼうぜんじしつ》の山を作り上げてしまったマーヤが、最後に残った留子《るこ》に問いかける。

「……木之下《きのした》留子《るこ》っス」

震《ふる》える声で、絞《しぼ》り出《だ》すように答えた留子《るこ》。その顔色は既《すで》に真っ青だった。

「続けてダイジョブ？　なんか今にもゲロ吐《は》きそうだけど」

「…………」

留子《るこ》は頷《うなず》きだけを返した。たぶん、図星だ。嘔吐感《おうとかん》を必死に堪《こら》えながら、留子《るこ》は今テーブルにしがみついている状況《じょうきょう》なのだろう。

意外だった。まさか、留子《るこ》がこんな形で追《お》い詰《つ》められてしまうなんて。

意外だったが、改めて考えれば納得感《なっとくかん》はあった。

諸刃《もろは》の剣《けん》だったのだ。留子《るこ》の持つ、異能とも呼ぶべきその才能は。

裏側の刃《は》は、自らに刺《さ》さりうる。そして今、現実としてそうなった。

もう勝負を止めるべきなのか、俺《おれ》は迷いに迷った。このままだと、留子《るこ》もマーヤに潰《つぶ》されかねない。しかし、こんな局面はポーカーを続けていればいずれまた訪《おとず》れる。留子《るこ》を一流のプレーヤーとして育成するならば、乗《の》り越《こ》えてもらう必要がある。

「なんかさ、げんなり」

片肘《かたひじ》を突《つ》いて、マーヤが深いため息を漏《も》らした。

「期待させといて落とされるのって、一番テンション下がるわ。ちょっと期待しちゃったじゃん、タル子《こ》のこと。こんなザコだとは思わなかった。ザコなら最初っからザコらしくしてろっつーの」

「…………」

ますます俯《うつむ》く留子《るこ》。目尻《めじり》には涙《なみだ》が滲《にじ》んでいる。

チップの枚数で言えば、まだまだ安全圏《あんぜんけん》であるにもかかわらず、もはやその表情は死に直面した絶望感で溢《あふ》れていた。

もう限界だ。止めよう。

留子《るこ》に成長が必要なのはわかった。だが、今強要すべきではない。

これ以上マーヤと対峙《たいじ》させれば、留子《るこ》の選手生命が絶たれてしまう。

——こん、こん。

俺《おれ》が声を出そうとするより一瞬《いっしゅん》早く、ノックの音が響《ひび》き渡《わた》った。

「……失礼します。遅《おそ》くなり申し訳ありません」

朱梨《しゅり》が入ってきた。欠席届が出されていたから、今日の参加は諦《あきら》めていたのだが。

運命論者ではない俺《おれ》でさえ、不思議な巡《めぐ》り合《あ》わせのようなものを感じずにいられなかった。

「ん？　誰《だれ》？」

「このクラブのエースだよ」

俺《おれ》は間髪《かんはつ》入れずに答えた。打算の気持ちがあったわけではない。もともと既《すで》にそう思っていた。まだ四年生である朱梨《しゅり》を中心としたチーム作り。そんな青写真を、ここに来た時から描《えが》いていた。

「へえ。んじゃ、ヘッズアップしよう。こいつはもういいや」

「貴方《あなた》は？」

「這い寄る十徳ナイフ《リンプ・ビズキット》」

「……？」

「なんてね。たまにそんな陰口《かげぐち》を叩《たた》かれてる。ワタシ自身、結構気に入ってるけどね。本名はマーヤ・オーケルマン。スウェーデン生まれ東京育ち。お見知りおきを」

リンプ・ビズキット……。まさしく、マーヤというプレーヤーを言い得て妙《みょう》な名だと思わされた。

「二階堂朱梨《にかいどうしゅり》です」

嘆《なげ》きと震《ふる》えの阿鼻《あび》叫喚《きょうかん》に包まれた上級生たちを横目に、朱梨《しゅり》は迷わずテーブルについた。

勝負師としての才覚が、マーヤとの対決を避《さ》けてはいけないと悟《さと》らせたのかもしれない。

倒《たお》せなければ、最強の小学生ポーカープレーヤーの座が遠ざかる。

既《すで》に朱梨《しゅり》はそう確信している様子だった。

❤陽明学園・敷地内（現在）

「…………………………っ」

「留子《るこ》！　こんなところに……！」

「……巴《ともえ》。追いかけてくるなんてヤボっスね」

「ご、ごめん。でも……」

「それともバカにしに来たんスか？　なんて情けないヤツだって」

「違《ちが》うよ！　そんなつもりじゃ！」

「んじゃ、ほっといてほしいっス。巴《ともえ》、びしょ濡《ぬ》れっスよ」

「留子《るこ》の方がもっとびしょ濡《ぬ》れだよ……。戻《もど》ろう、風邪《かぜ》引いちゃうよ」

「……………怖《こわ》いんスよ。あいつ」

「えっ？」

「あいつの……マーヤの言ってること、間違《まちが》ってないっス。あいつの前だと、あたしはただのザコっス」

「そんな……！　留子《るこ》、いつもすごいじゃない。相手のカードが全部見えてるみたいで、本当にかっこいい。……私の、憧《あこが》れだよ。憧《あこが》れの人に、そんなこと言われても。私には信じられない。絶対に、信じない」

「……巴《ともえ》」

「ポーカー、楽しくて。やっと夢中になれるものを見つけられて私は嬉《うれ》しい。けど、やっぱりまだ私には何もないから。留子《るこ》みたいに相手の手を読んだりできないし、この前の練習試合だって勝てたのは偶然《ぐうぜん》だってわかってる。でもいつか、留子《るこ》とか朱梨《しゅり》みたいなすごいプレーヤーになれたらなって憧《あこが》れるから、毎日頑張《がんば》れる。憧《あこが》れの人なんだよ、留子《るこ》は。憧《あこが》れの人に、そんなこと言われたら、私……どうしたらいいかわからないよ」

「な、なんで泣くんスか。巴《ともえ》が泣く必要ないじゃないっスか」

「ひぐっ……泣いてないもん。これは……雨だもん……ううっ」

「どう見ても号泣《ごうきゅう》じゃないっスか……」

「留子《るこ》は……強いもんっ……すごいプレーヤーなんだもん……っ」

「…………あーあ。困ったもんっスね。しゃーない。ほら、行くっスよ」

「うう……ふぇ？　部室、戻《もど》ってくれるの？」

「とりあえず風呂《ふろ》っス。風呂《ふろ》で、ちゃんと話すっス。……あたしの弱さを。まだ巴《ともえ》の知らない、あたしの弱点を」

「弱点……？」

「そう。ポーカープレーヤーとして致命的《ちめいてき》で、あたしがマーヤに勝てない理由を話してあげるっス。長い話になるから、とりあえず風呂《ふろ》っス」

「…………？」

「来ないっスか？　ま、どのみちあたしは風呂《ふろ》に行くっス」

「あっ、行く！　私も行くから待って！」

「あーあ。こりゃ制服も洗濯《せんたく》しないとダメっスね」

「そうだね、びしょびしょ……」

「…………巴《ともえ》。ありがとうっス」

「えっ？　なんの話？」

「憧《あこが》れって言ってもらえて、嬉《うれ》しかったっス。本気でそう思ってくれてるの、伝わったっス」

「思ってるよ、もちろん本当に」

「その憧《あこが》れにふさわしかったら、良かったんスけどね。あたしだって実は、なりたいんスよ。本当にすごいプレーヤーに。今はまだ……ハリボテだとしても」

「…………留子《るこ》」

◆陽明学園初等部・ポーカールーム

「ミラーニューロン？」

「ああ。れっきとした科学用語だ。オカルトじゃない」

留子《るこ》と巴《ともえ》が去った後、何事もなかったかのようにコーヒーを飲み出したマーヤ。いきなり乱入してきた人間とは思えないくつろぎっぷりだった。

むしろ俺《おれ》の方がどうしたものか悩《なや》まされた。先に帰るわけにもいかないのでしばし居心地悪《いごこちわる》い空間を共有していたところ、不意にマーヤが俺《おれ》に尋《たず》ねてきた。

留子《るこ》のテルリード能力について、そのカラクリが知りたいと。

「で、なんじゃそれ？」

「俺《おれ》も専門家じゃないから詳《くわ》しくは説明できないが……」

咳払《せきばら》いと共に前置きする。マーヤの方も学術的に完璧《かんぺき》な理解を求めているわけではないだろうから、ほんの触《さわ》りの触《さわ》りだけ、本やネットに頼《たよ》らなくても話せる程度の知識を伝えれば充《じゅう》分《ぶん》だろう。

「要するに、他人の行動を、まるで自分の行動であるかのように感じさせる脳神経細胞《さいぼう》のこと。例えば……相手が怒《おこ》ってるなって思うと、自分もイライラしてきたりした経験ないか？」

「あー。あるね。だから鏡《ミラー》ってわけ？　でもそんなん普《ふ》通《つう》のことじゃないの？　キレられたら誰《だれ》だってムカつくでしょ」

「怒《いか》りだとわかりづらいかもしれないが、じゃあ笑いとか涙《なみだ》はどうだ？　相手が笑ってると自分も楽しくなったり、逆に泣いてる人を見ると悲しくなったり」

「え、あるわけないじゃん。なんで人につられて泣いたり笑ったりするの？」

きょとんとしているマーヤ。実のところ、そうだろうと思った。

「つられないとしたら、マーヤのミラーニューロンは反応がかなり鈍《にぶ》い。ミラーニューロンは活性度に個人差があるんだよ」

「なに？　ワタシが人より劣《おと》ってるとでも言いたいわけ？」

「違《ちが》う。ミラーニューロンの活性度は、他人への共感能力に影響《えいきょう》するが、ただそれだけのことで優劣《ゆうれつ》の問題じゃない。もっとはっきり言ってしまえば、マーヤ。お前は間違《まちが》いなく共感能力の低いＫＹだ。だが、ＫＹだから人間として劣《おと》ってるかというと——」

「アハハ、なるほどね。ワタシがＫＹなの、認める認める。だからこそワタシはワタシのポーカーができるわけだし」

まさしくその通り。マーヤは他人への共感能力が低いからこそ、マーヤ独自のプレースタイルを身につけることができた。

そして、裏を返せば。

「なるほど。話が見えてきた。タル子《こ》はその逆で、異常に共感能力が高いわけか。相手が怒《おこ》ってるとか焦《あせ》ってるとか、自信があるとかないとか、すぐにあいつのミラーニューロンとやらがピピッと受信しちゃうわけだ」

「おそらくな。だからこそ、あんな超能力的《ちょうのうりょくてき》なテルリードが可能なんだろう」

「マユツバだなー。エビデンスなしでしょ？」

「それが、そうでもない。このご時世、遺伝子検査でわかるんだよ。共感能力をつかさどる遺伝子をもともと持ってるかどうか。俺《おれ》としても興味があったから留子《るこ》には検査を受けてもらった。結果はやはり、期待した通りだった」

相手の喜怒哀楽《きどあいらく》の伝わりやすさ、その全ての項目《こうもく》で留子《るこ》の遺伝子はトップクラスの数値を示した。科学的分析《ぶんせき》でも、留子《るこ》が特別な存在であることは疑いようがない。

注釈《ちゅうしゃく》として、共感力は遺伝だけで全てが決まるわけではなく、後天的に経験やトレーニングによっても変化する。だからKYは絶対に直せない、というのはいささか誇張《こちょう》になるだろう。

それはそれとして、マーヤがやけに根掘《ねほ》り葉掘《はほ》りこの件について訊《き》いてくることに俺《おれ》は今さらながらに違和感《いわかん》を覚え始めた。

「ワタシも受けてみようかな、その検査。どれくらいKYなのか知るの楽しそう」

「調べるまでもないと思うが。……ところで、ずいぶん留子《るこ》に興味津々《きょうみしんしん》だな。追い出そうとしてるくせに」

やや皮肉を滲《にじ》ませながら尋《たず》ねると、マーヤは鼻で笑うように顔を歪《ゆが》めた。

「興味あるっていうか。あったよ。めちゃめちゃ。ワタシは強いポーカープレーヤーが大好きだからね。あいつのテルリードがホンモノだったら、どれだけトキメいたか。だからこそ、死ぬほどムカつくんだよ、今となっては。完全攻略《こうりゃく》しちゃったし、もうなんの魅力《みりょく》もない。顔も見たくないし、一瞬《いっしゅん》でも期待させた罪は償《つぐな》ってもらう。カード握《にぎ》れなくなるまで徹底的《てっていてき》にツブす」

「……………………焦《あせ》るなよ。時間が解決してくれるかもしれない」

確かに今の留子《るこ》は未完成だ。だからマーヤに壊《こわ》されかけた。しかし、なにかきっかけ一つで進化できる可能性も……。

「本気でそう思うの？　遺伝子レベルの話だって自分で言ってたじゃん。じゃあ、無理じゃん。あいつがポーカー向いてないって、カズラ自身が言ってんじゃん。全国に出たら、ワタシみたいな選手なんて他にもたくさんいるよ。実力はワタシが一番だけど、ワタシじゃなくたってタル子《こ》をぶっ壊《こわ》せるヤツ、たくさんいるよ」

「…………………」

返す言葉が、咄嗟《とっさ》には出てこなかった。

「ねーカズラ、もう一つ質問なんだけど」

「なんだ？　どうでもいいが名前で呼び捨てはやめろよ」

「アンタは、コーチとしてここに何を作りたいの？　仲良しクラブ？　それとも最強集団？」

つくづく、答えにくいことをズバズバと尋《たず》ねてくるKYだ。

そんなの、迷う余地もなく明らかに決まってるじゃないか。

❤陽明学園学生寮・大浴場

「さすがにこの時間だと誰《だれ》もいないっスね。貸し切りっス」

「そうだね…………へくち！」

「ほら、早いとこ暖まるっス」

「うん……よいしょっと」

「はー。良《い》いお湯っスね」

「うん、気持ちいいね」

「……………………」

「留子《るこ》、ええと……」

「最強だと思ってたっス」

「え？」

「あたしは自分のこと、最強のポーカープレーヤーだと思ってたっス。こんなチョロいゲームあるのかって。すぐに世界最強になって、何億も稼《かせ》いで遊んで暮らせるって思ってたっス」

「……私は今も、そう思ってるよ。朱梨《しゆり》には悪いけど、朱梨《しゆり》より留子《るこ》の方が強いんじゃないかなって、正直、思ってる」

「それは見込《みこ》み違《ちが》いっスね。朱梨《しゆり》にもけっこう挫《ざ》折感《せつかん》を味わわされたっス。あんな風に、無感情で大金をドバドバ投《な》げ込《こ》んでくるタイプは心を読むのも一苦労っス。あたしが思ってたほどポーカーの世界も甘《あま》くないなって、最初に教えてくれたのは朱梨《しゆり》っス。……でも、心までは折られたわけじゃなかったっス。そのうち攻略《こうりやく》してやるって、むしろやる気になったっス」

「じゃあ、どうして……？」

「…………………いいお湯っスね、巴《ともえ》」

「えっ？　う、うん」

「40℃くらいっスかね、この心地《ここち》よさは」

「たぶん、そうなんじゃないかな……？」

「もしこのお湯が50℃くらいだったら、巴《ともえ》はどれくらい入ってられそうっスか？」

「そんなの、一瞬《いっしゅん》でも無理だよ」

「あいつが。マーヤがあたしにぶつけてきた悪意の感情は、まさに50℃のお湯。そんな感じだったっス」

「…………え」

「センセーから教えてもらったっスが、どうやらあたしは他人に共感する力が異常に強いらしいっス。だから仕草とか目線をちょっと見ただけで、自信あるのかないのか、焦《あせ》ってるのか、怒《おこ》ってるのか、ほくそ笑《え》んでるのか。だいたいわかってしまうっス」

「共感する、力」

「共感してしまうっス。いろんな感情に。たとえば、こいつあたしのことめちゃめちゃ憎《にく》んでるな、嫌《きら》ってるなってゆーのも、わかってしまうっス。……マーヤと対戦した時、最初はあたしの方が優勢だったっス。でも、チップを投げ渡《な》《わた》される度《たび》に感じる憎悪《ぞうお》……ううん、アレはそんなもんじゃなかった。アレは、ホンモノの殺意だったっス。あいつはあたしのこと、本気で殺してやるって思ってやがったっス。それがわかってしまって。何度も殺意をぶつけられて……胃袋《いぶくろ》を鷲掴《わしづか》みにされたみたいな気分になったっス」

「…………」

「足が震《ふる》えて、吐《は》き気《け》が止まらなくて、ポーカーどころじゃなくなったっス。朱梨《しゅり》が来てくれたから助かったっスが、最後のハンドなんて、自分が何を持っているのかもわからなくなってたっス。目はちゃんと見えてるのに、カードが何かわからない。……正直あんな思い、二度とゴメンっスよ。マーヤとは、もう戦いたくない。それが本音っス」

「……………………」

「以上、よわよわザコメンタルプレーヤー木之下留子《きのしたるこ》ちゃんの自己紹介《じこしょうかい》でしたっス」

「……………留子《るこ》っ！」

「え!? な、なんスか！ 急に抱《だ》きつかないで欲《ほ》しいっス」

「今まで、辛《つら》かったでしょ。ごめんね、同じクラスになったのに、こうやっていつもいっしょにいる仲になったのに、留子《るこ》がそんな辛《つら》い毎日を生きていたなんて、ずっと気づいてあげられなくて」

「べ、別に毎日辛《つら》いわけじゃ……」

「辛《つら》いよ、絶対。人からの悪意が、全部わかっちゃうんでしょ？ そんなの、辛《つら》すぎる。友達が、そんな思いをしてることも知らないで、私、勝手なことばかり言って……本当にごめんなさい」

「……………とも、だち？」

「いいよ、留子《るこ》。留子《るこ》が辛《つら》いなら、あの子……マーヤと顔を合わせる必要なんてないよ。留子《るこ》のしたいようにして。……迷惑《めいわく》じゃなければ、私はこれからずっと留子《るこ》の傍《そば》にいるから。留子《るこ》が楽しく過ごせるいちばん良《い》い方法を、留子《るこ》が選んで」

「……話が飛びすぎっスよ、巴《ともえ》。それより」

「それより……？」

「友達って、言ってくれたっスか。あたしのことを」

「……あ。ご、ごめん。まだ、だったかな。馴《な》れ馴《な》れしすぎた？」

「わからないっス。あたし、友達がいたことないんスよね。友達ヅラして悪意ムンムンなヤツなら、ごまんと出会ってきたっスけど」

「……留子《るこ》、私は」

「言わなくてもわかるっス。今、巴《ともえ》は、本気であたしのことを友達って言ってくれた。あたしは友達の作り方をまだ知らないけど、巴《ともえ》があたしのことを友達と思ってくれてる。それが本当なのは、もうこれ以上何も聞かなくてもわかるっス。……すごく、うれしいっス」

「留子《るこ》……」

「巴《ともえ》。あたしは、巴《ともえ》の友達になれるっスか？」

「……もう、友達だよ。私たちは」

「そうっスか。ついにあたしにも、友達ができたっスか」

「うん。私でよければ、留子《るこ》の傍《そば》にいるよ。だから、もし……」

「……そんじゃ、しゃーないっスね。大事な友達の前で、カッコ悪いとこばっか見せるのはあたしの趣味《しゅみ》じゃないっス」

「……明日、ちゃんと部活行くっス。そんでもしマーヤがなんか突《つ》っかかってきたら……返《かえ》り討《う》ちにしてやるっス。巴《ともえ》。ちゃんと見てるっスよ、友達の勇姿を」

「……………うんっ！　留子《るこ》が勝つって、信じてる！」

「わ⁉　友達だからってひっつきすぎっス！」

「えへへ。友達ならこれくらいは普通《ふつう》だもん」

「……………ちなみに今、巴《ともえ》が密《ひそ》かに思ってること当ててもいいっスか？」

「え⁉　な、なんのこと、かな？」

「胸のサイズ、僅差《きんさ》で勝ったな。そう思ったっスね？　発育遅《おそ》くて悪かったっスね」

「お、おおおお思ってないよそんなこと⁉」

「無駄《むだ》な抵抗《ていこう》はやめるっス。あたしと友達になるってことの意味を、ちゃんと理解するっス」

「…………はい。ごめんなさい」

「素直《すなお》でよろしいっス。……あと」

「あと？」

「巴《ともえ》も別に大したサイズじゃないっス。どんぐりのなんちゃら」

「わかってるよぅ。ほんのできごころで、つい比べちゃっただけだよぅ」

「そういえば、マーヤはガキにしちゃデカそうっスよね。おのれ外国人。目にもの見せてくれるっス」

「ふふっ、うん！　大和魂《やまとだましい》と胸のサイズは関係ないもん！……がんばろう、留子《るこ》」

「乗《の》り越《こ》えてみせるっス。ポーカープレーヤーとして、次のレベルに辿《たど》り着《つ》いてやるっス。……友達に、かっこいいとこ見せるっス」

「楽しみにしてる。どんな悪意を向けられても、私はかならず、留子《るこ》の味方だよ」

「巴《ともえ》。……ありがとうっス。友達って、いいっスね」


「──友達、ですか」


「えっ⁉　朱梨《しゅり》⁉」

「いつからいたんスか⁉」

「途中《とちゅう》からですが、お話は大体聞かせて頂きました。たいへん熱が入っていたので横入りし辛《づら》く、盗《ぬす》み聞《ぎ》きになってしまい申し訳ありません」

「それは別に構わないっスけど……」

「なんか、照れちゃうね。えへへ」

「……あの。巴《ともえ》、留子《るこ》。……私は」

「朱梨《しゅり》？　どうしたっスか？　顔赤いっス」

「具合悪いなら早く出ないと！」

「大丈夫《だいじょうぶ》です。……ありがとう、巴《ともえ》。…………と、友達の心配をして下さって」

「そんなの友達なら当然だよ。本当に大丈夫《だいじょうぶ》？」

「無理しちゃダメっスよ。病《や》み上《あ》がりなんだから」

「ええ、大丈夫《だいじょうぶ》。大丈夫《だいじょうぶ》です。……ふふっ」

「やっぱりちょっとヘンっスよ。今日の朱梨《しゅり》。急に笑い出したり」

「変。そうかもしれませんね、確かに。巴《ともえ》との出会いで、私にも小さな心境の変化が訪《おとず》れたのでしょうか。……でも、悪い気持ちではありません」

「…………？」

♠陽明学園初等部・ポーカールーム

「やっほ、シュリ。久しぶり」

「マーヤ。生きていたのですね」

次の日の放課後。ポーカールームに一番乗りだったのはマーヤだった。意外なほどやる気を見せていると捉《とら》えるべきか、もはや完全に制圧したつもりなのか、どちらにせよ居心地《いごこち》の悪さなど微塵《みじん》も感じている様子はなかった。

そこに少し遅《おく》れてやって来た朱梨《しゅり》。体調はすっかりよくなったようだ。北欧《ほくおう》少女の顔を見ても驚《おどろ》いた様子がないのは、昨日のうちに二人から報告を受けていたということだろうか。

ところで、朱梨《しゅり》もマーヤもお互《たが》いあっさり死んだとみなしすぎであろう。これもポーカープレーヤーの性《さが》か。いや仮にそうだとしてもせめて小学生のうちはもう少し人間の生命力を信じていて欲《ほ》しい。

「ワタシ、このクラブ入ってあげることにしたから。よろしく」

「そうですか。戦力的な意味では歓迎《かんげい》します」

どこか含《ふく》みのある返事をする朱梨《しゅり》だが、拒絶《きょぜつ》する気はまったくないようだ。それはそうだろうな。朱梨《しゅり》にとってクラブの力が底上げされるのは吉報《きっぽう》以外の何物でもない。

人間関係の難、など我関せずといったところだろうか。

冷徹《れいてつ》、という評価は正しくないだろう。ただ単に、プライオリティに忠実なのだ。失うものより得るものの方が多いならば、迷わない。そういう思考回路の持ち主だ。

だからこそ、俺《おれ》の中で緊張感《きんちょうかん》が増す。まだ朱梨《しゅり》は『失うもの』の方の規模を理解していないはずだ。全ての状況《じょうきょう》を把握《はあく》してもなお、マーヤを手放しに歓迎《かんげい》するのか。

その時、俺《おれ》は。

まだ、決めかねている。仲良しクラブを作りたいわけじゃない。それはその通りだ。

迷いの理由は、留子《るこ》に対する評価だ。俺《おれ》はまだ、彼女《かのじょ》の進化を期待せずにはいられない。なにしろ小学生。たとえウィークポイントが遺伝的なものであったとしても、諦《あきら》めるにはあまりにも惜《お》しい。

そもそも、小学生の未知の力を否定するというなら、このクラブが今も俺がコーチとして存在している事実についても否定しなければならない。

小学生膨張理論《ぼうちょうりろん》。

トンデモだ。わかってる。だが巴《ともえ》の起こしてみせた奇跡《きせき》に比べれば、留子《るこ》の成長を望む、という発想は充分《じゅうぶん》常識の範囲《はんい》に入っているように思えて仕方ないのだ。

時計を見る。普段《ふだん》ならもうメンバー全員が揃《そろ》っているころだ。

「集まりが悪いですね、今日は」

朱梨《しゅり》も首をひねる。

「もう誰《だれ》も来ないんじゃね？」

八重歯《やえば》を剝《む》いて嗤《わら》い、指先で弄《もてあそ》んでいたチップを弾《はじ》くマーヤ。

留子《るこ》も巴《ともえ》も、もうここに来ない可能性は、確かにある。

もっとも俺《おれ》は、そこまで二人の胆力《たんりょく》を過小評価してはいないが。

それでも、緊張感《きんちょうかん》は刻々と増していく。

結局部員二人から出直し。

そんなこと、ないよな……？

「遅《おそ》くなりました、ごめんなさい！」

勢いよく扉《とびら》が開き、巴《ともえ》が中に入ってくる。

巴《ともえ》だけだった。留子《るこ》はいっしょじゃない。

「お、やっと来たか。そんじゃカズラ、メンバー揃《そろ》ったし活動はじめよ。何するの？」

「まだ揃《そろ》ってない」

静かに首を振《ふ》ると、巴《ともえ》は力強く頷《うなず》いた。表情には少しも迷いがない。

「アイツなら来ないって。その程度のミジンコメンタルだって」

嗤《わら》い飛《と》ばすマーヤ。

「…………」

朱梨《しゅり》は無言のままそっと扉《とびら》の方に目を向ける。

いや、耳だ。朱梨《しゅり》は音を聞いているのだ。廊下《ろうか》をコツコツと鳴らす、リズミカルな足音を。

「どーも、ミジンコの登場っス」

巴《ともえ》が開けっぱなしにしていた扉《とびら》から、目深《まぶか》にフードを被《かぶ》った少女が両手をポケットに突《つ》っ込《こ》んだまま、テーブルまでまっすぐ歩いてくる。立ち止まったのはマーヤの眼前だった。

「いらっしゃい。わざわざ退部届出しにくるなんて律儀《りちぎ》だね」

「辞《や》めないっスよ。マーヤ、あんたがなんと言おうと」

「辞《や》めさせるよ。タル子《こ》、お前がなんと言おうと」

張り合うようにマーヤも立ち上がり、冷え切った視線をフードの奥《おく》に向ける。

「………なぜ、そんな大事《おおごと》にしようとしてるんですか。辞《や》める辞《や》めない、そんな話にしなければならない理由がわかりません」

朱梨《しゅり》が嘆息《たんそく》する。常識的な感覚ならば、マーヤがここまで留子《るこ》を憎《にく》む理由は見いだせない。

「一度期待させたからだよ、こいつが。このワタシに、一瞬《いっしゅん》でも面白《おもしろ》いヤツだって思わせた。実際はただのザコなのにね。その罪は重い。同じ空気も吸いたくない。出てけ」

なんという自分勝手な悪意。……そしてだからこそ、留子《るこ》はこの底なしの悪意に選手生命を絶たれかけた。心のキャパシティを、マーヤが発する負の感情によって決壊《けっかい》させられてしまったのだ。

「出てかないっス。あたしはここの……陽明《ようめい》学園初等部ポーカークラブのメンバーっス。お前にどう思われようと関係ないっス」

「…………」

昨日と、何かが違《ちが》う。俺《おれ》は直感的にそう思った。留子《るこ》は一歩も引き下がらない。まるで背中を強い力で支えられているように、至近から睨《にら》むマーヤの悪意を一身で受け止めている。

小学生膨張《ぼうちょう》。理《ことわり》を超越《ちょうえつ》したそんな瞬間《しゅんかん》に、またしても俺《おれ》は遭遇《そうぐう》しているのだろうか。

「ふうん、じゃ。部員生命を賭《か》けるかい？　負けた方が出てくってことで」

ニヤリと嗤《わら》い、マーヤはテーブルを指さした。

「あたしはお前を追い出さないっス」

「は？」

「マーヤは強い。それは認めてるっス。強い部員を追い出す気なんて、あたしにはないっス」

「こっちには弱い部員を追い出す気があるんだけど？」

「それなら、好きにすれば良《い》いっス。マーヤが勝った時は、あたしは出てくっス」

留子《るこ》が率先《そっせん》してテーブルについた。つまり、勝負は受ける。負けたら留子《るこ》が出て行く。留子《るこ》が勝ったらこの四人で活動を続けるということか。

賭《か》けとして代償《だいしょう》が釣《つ》り合《あ》ってないが、それが留子《るこ》としての嘘偽《うそいつわ》りなき思いなのだろう。

「気に入らないな。タル子《こ》ごときにこっちがハンデもらうような形は。望みを言いなよ。駅前で裸踊《はだかおど》りでもなんでもしてやるよ」

それは勘弁《かんべん》してくれ。不祥事《ふしょうじ》としてクラブの存続に関わる。

「じゃあ、私も勝負に参戦させて下さい。三人目のプレーヤーとして」

割って入ったのは巴《ともえ》だった。事前にそういう打ち合わせをしていたのかと思ったが、違《ちが》うようだ、留子《るこ》自身が誰《だれ》よりもその参戦表明に驚《おどろ》いている。

「巴《ともえ》、ここはあたしが意地を見せる番っス。それは野暮《やぼ》ってもんスよ」

「単発のヘッズアップなんて、半分じゃんけんみたいなものでしょ。一度の勝ち負けじゃあ、何も計れないよ」

堂々と、覚えたての知識を披露《ひろう》する巴《ともえ》。この辺の意志力はさすがだ。

「それはそうっスが……」

「それに、私は知らないから」

続けて巴《ともえ》はマーヤに鋭《するど》い視線を向ける。

「ん？　なにが？」

「マーヤが本当に強いプレーヤーなのか。私は知らない。だからここの……陽明《ようめい》学園初等部ポーカークラブの規則に則《のっと》り、テストを受けてもらいます」

「ぶっ！」

堪《こら》えきれず、といった感じで噴《ふ》き出《だ》すマーヤ。

「三人で戦って、その結果次第《しだい》で入部を許可するか決めます。留子《るこ》に文句があるなら、部員になった後で言って下さい。それなら、条件として対等だと思いますけど」

「アハハハハ！　気に入った！　いーよいーよ面白《おもしろ》いじゃん。それでいーよ。認めてあげる。ただし、トモエ」

「……はい」

「アンタのこともザコだと判断したら、ワタシはアンタの首も切る。呑《の》めるよね？」

「呑《の》みます。私たち二人の存在価値と、マーヤの存在価値。全部を賭《か》けた勝負で構いません」

威風堂々《いふうどうどう》とした巴《ともえ》に対し、留子《るこ》も驚愕《きょうがく》から覚めて呆《あき》れ笑《わら》いを浮《う》かべ始《はじ》めた。

「まったく、巴《ともえ》ときたら。このあたしでも読み切れないっスね」

「………貴方《あなた》たち。部長をなんだと思ってるんですか」

しばし会話に加わる間を失っていた朱梨《しゆり》が、久しぶりに口を開いた。確かに完全に蚊帳《かや》の外で少し可哀相《かわいそう》ではあった。

「止めてくれるなよシュリ。それともアンタも参戦する？」

「しません。状況《じようきよう》がややこしすぎます。何度も言いますが私はポーカーで手加減はできません。

……そして、本気でポーカーと向き合おうという場に水を差す気はありません」

どうやら朱梨《しゆり》の異議申し立てはなし、か。

「そう来なくちゃ。時には地味な立ち回りも求められるんだよ、部長ってのは。そのうちきっと活躍《かつやく》の機会もあるさ。心配すんな、実はシュリってあんまり強くないんじゃねって思うヤツがいたとしても、ワタシは一応ジツリキわかってやってるから」

マーヤが軽口を叩《たた》きながら視線を向けた先は……巴《ともえ》だった。

「わ、私、思ってないからね」

「実は若干怪《じやつかんあや》しんでいますが……今日のところは大人げない振《ふ》る舞《ま》いは避《さ》けておきましょう。和羅《かずら》先生」

「……なんだ？」

「部にとって、重要な局面と判断しました。プレーヤーとして参加はしませんが、無関係でもいられません。ならば、私にディーラーを担《にな》わせて頂けませんか？」

「ご自由に」

朱梨《しゆり》の真剣《しんけん》な眼差《まなざ》しに、俺《おれ》は迷わず首肯《しゆこう》した。

朱梨《しゆり》もまた、この機会を千載一遇《せんざいいちぐう》のチャンスと捉《とら》えているのかもしれない。留子《るこ》がプレーヤーとして膨張《ぼうちよう》する、またとないタイミングだと。

少なくとも俺《おれ》はそうだったから、この勝負を黙《だま》って見守ることに決めた。

代償《だいしよう》として、部員を二人失ってしまうかもしれない。

だとしても、得られる可能性のある最良の結果は、追いかけるに値《あたい》する。

「ゴタクはもーいーでしょ。始めようぜ」

テーブルについたマーヤに頷《うなず》き、巴《ともえ》も硬《かた》い面持《おもも》ちで緑色のラシャにゆっくりと歩み寄る。

BB：笹倉巴　1500$
SB：木之下留子　1500$
ボタン：マーヤ＝オーケルマン　1500$

「チンタラ打っってても飽《あ》きるし、ルールはターボでいいよね。各自1500ドル持ちスタートで、最初のブラインドは10―20。こっから十分ごとに倍々ゲームだ。つまり三十分後には80―

160になってる感じ」

立て板に水のような説明に、思わず眉《まゆ》をひそめる俺《おれ》だった。マーヤの提示したルールは完全にオンラインポーカー仕様のハイスピードゲーム。なぜその方式がよどみなく口から出てくるんだ……。

「マーヤ、念のため訊《き》くが学園内で法令違反《いはん》はしてないよな？」

ネットの構造にはさほど詳《くわ》しくないが、共用のWi-Fi経由で変なところにアクセスしたら絶対バレるぞ。

「そんなヘマしないって。そもそもワタシがお手つきした時はコンクリートにキスして東京湾《とうきょうわん》で魚の餌《えさ》さ。ネットの火遊びごときで説教部屋なんて恐《おそ》れるにも値《あたい》しない」

答えになってない。大風呂敷《おおぶろしき》のホラ話だとは思うが……。ポーカーに勝《まさ》るとも劣《おと》らず私生活が読めない少女だ。

「与太話《よたばなし》はともかくだ。ルールはそれでいい？」

やっぱり与太話《よたばなし》かよ。

「あたしは構わないっス」

「私も大丈夫《だいじょうぶ》です。理解しました」

緊張感《きんちょうかん》の欠片《かけら》もないマーヤに対し、硬《かた》い面持《おもも》ちで頷《うなず》く二人。

「それでは、これからマーヤ＝オーケルマンの入部テストを開始する」

「ちげーよ。タル子《こ》の生前葬《せいぜんそう》だろ」

形ばかりの宣言にもいちいちツッコミを入れてくるマーヤを無視。俺《おれ》として望ましい形がどちらかを言葉で表明したに過ぎない。

真に賭《か》けられているものの重大さなら言わずもがな理解している。

最初のポジションはマーヤがディーラーボタン、左隣《ひだりどなり》の留子《るこ》がＳＢ《スモールブラインド》、その左隣《ひだりどなり》が巴《ともえ》でＢＢ《ビッグブラインド》に決まった。朱梨《しゅり》が順繰《じゅんぐ》りにカードを配ると、それぞれが隅《すみ》だけをわずかにめくり、手の内の二枚を確認《かくにん》する。巴《ともえ》も既《すで》に堂に入った所作だ。さすが、強い熱意で連日数多くのハンドをこなしてきただけのことはある。

「コール」

「……え？」

だからこそ、マーヤの初手には驚《おどろ》きを隠《かく》せない様子だった。

無理もない。プリフロップでのコールは原則悪手と口を酸《す》っぱくして皆《みな》で教えてきたのだから。自信があるならレイズすべきだし、さもなくばさっさと降りてしまうべき。コールという中途半端《ちゅうとはんぱ》な態度は、みすみす相手に支配権を明《あ》け渡《わた》してしまうようなものだ、と。陽明《ようめい》学園初等部ポーカークラブでは、初心者に対し強くその意識を植え付ける。

ところで、このプリフロップでのコール。専門用語として別の名前がある。

――リンプ。直訳すると、『這《は》いずる』とか『のろつく』とかそういう意味だ。元々は、生ぬるい打ち手に対する嘲笑《ちょうしょう》を込《こ》めた命名だったのだろう。

「……レイズっス」

留子《るこ》が100ドルを上乗せ。

「フォールド」

巴《ともえ》は迷わず降りた。既《すで》に場代を支払《しはら》っているB《ビッグ》B《ブラインド》で即時《そくじ》撤退《てったい》ということは、かなり手が悪かったと推測される。

「おおこわいこわい」

マーヤがカードを裏返しで俺《おれ》に戻《もど》した。敗北宣言。結局フロップすら開かれぬまま、留子《るこ》は30ドルの場代、マーヤがコールした20ドル、合計50ドルを獲得《かくとく》するに止《とど》まる（場代のうち10ドルは留子《るこ》自身が差し出したものなので、実質的に増えたチップは40ドル分だ）。

SB：笹倉巴　1480$
ボタン：木之下留子　1540$
BB：マーヤ＝オーケルマン　1480$

二戦目はディーラーボタンの留子《るこ》、S《スモール》B《ブラインド》の巴《ともえ》が揃《そろ》ってフォールド。場代はB《ビッグ》B《ブラインド》が回ってきたマーヤの元へ全額戻《もど》る。

ボタン：笹倉巴　１４７０＄
ＢＢ：木之下留子　１５４０＄
ＳＢ：マーヤ＝オーケルマン　１４９０＄

「フォールド」

三戦目、ボタンの巴《ともえ》はフォールド。序盤《じょばん》の手の入りはあまりよろしくなさそうだ。

「コール」

「…………っ！」

ＳＢ《スモールブラインド》のマーヤは勝負に参加するために必要な最低額の10ドルのみを上乗せし、ＢＢ《ビッグブラインド》の留子《るこ》にベットの権利を渡《わた》した。これもリンプに位置する行為《こうい》。実に切れ味のない、のらりくらりとした賭《か》け方《かた》だ。再び目を見開く巴《ともえ》。

「…………レイズっス」

ＢＢ《ビッグブラインド》の留子《るこ》が１１０ドルの上乗せ。ポットに１５０ドル入った。おそらく留子《るこ》の手は強く、そしてマーヤの手が弱いと踏《ふ》んだのだろう。留子《るこ》のリーディング能力を加味すれば、パーフェクトに近い確率でその読みは当たっているはず。

「さて、はじめよっか。コール」

にもかかわらず、マーヤはコールを宣言。丸めたティッシュでも捨てるような所作で、持ちチップから110ドルを朱梨《しゅり》に投《な》げ渡《わた》した。

賭《か》け金《きん》が釣《つ》り合《あ》ったので、この日初めてフロップが開かれる。

落ちた三枚は、[♠8][♦4][♦J]。これだけではなんとも判断しづらい三枚だ。

「レイズ」

マーヤがチップを上乗せ。その額、たった20ドル。ミニマムレイズ——ルール上レイズするために必要な最低金額だ。

まったく強気な行動には見えない。むしろ弱さを必死に覆《おお》い隠《かく》そうと右往左往しているかのような、どっちつかずのベット。

しかし。

「……顔に出てるっスよ」

「出してんだよ。わざと」

この、たった20ドルのレイズを受けて、留子《るこ》はカードを押《お》し返《かえ》した。敗北宣言。しかも相手にわざと見せつけるべく、表向きに[♦Q][♠K]を投げてよこす。

「ナイスハンド」

まったく気にしたそぶりも見せず、マーヤもカードを表向きにして朱梨《しゅり》に返す。

その二枚は[♠J][♣J]。
[J]3カード《セット》を完成させていた。しかし、吊《つ》り上《あ》げた賭《か》け金《きん》はミニマムベットの20ドル。

本当ならいくらでもチップをもぎ取れそうな強い手なのに、たった20ドルのベットで相手に生殺与奪《せいさつよだつ》を委ねてしまう。

これが、《這い寄る十徳ナイフ《リンプ・ビズキット》》マーヤ＝オーケルマンというプレーヤーの打ち筋だ。

「？？？？？？」

巴《ともえ》が混乱を極《きわ》めている。無理もない。これまでのマーヤのアクションは、おおよそ全て俺《おれ》たちが御法度《ごはっと》として巴《ともえ》に禁じてきたものなのだから。

だが事実として、こういうプレースタイルを好むプレーヤーも、ＮＬＨＥ《ノーリミットホールデム》という競技の研究が進むにつれ局地的に誕生した。誤解を恐《おそ》れずに言えば、生息地帯は主に北欧《ほくおう》。もちろんその影響《えいきょう》が広まって、今では世界中に似たプレーを好む輩《やから》が散らばってはいるが、オリジナルはスカンジナビアのポーカーオタクたちだ。

自分の前にレイズしたプレーヤー（オリジナルレイザー）がいないならおおよそ全てのハンドをリンプで参加し、ミニマムベット＆ミニマムレイズを駆使《くし》して相手を煙《けむ》に巻く。

相対すれば当然、長期戦を強《し》いられる。どんなハンドで参加しているか読めない……というより、どんなクズ手でもリンプしてきている可能性があるから、相手のハンドの強さがさっぱり推測できない。実に長い間、そんな苦痛を味わわされる。しびれを切らしてここぞという手で強気にレイズすればあっさり降りられる。かと思えばまたしても相手の本気度を量りかねるリンプとミニマムレイズの繰《く》り返《かえ》し。

そうこうしているうちに、並のプレーヤーは壊《こわ》れていく。バランス感覚を失い、勝手に自滅《じめつ》して勝負すべきではない手で突《つ》っ込《こ》み、予測不能なグッドハンド（例えば10と3のツーペアなど。常識的なプレーヤーは、持ち札《ハンド》が10と3なら確実に降りるが、スカンジナビアのリンパーたちは平気で参加してくる）で撥《は》ね返《かえ》される。

七ヶ月前、今説明したのと同じ手口でこのクラブに所属していた現六年生全員がポーカーに対する信念を失った。……否《いな》、失ったというより奪《うば》われ、叩《たた》き壊《こわ》されたのだ。這《は》い寄《よ》るマーヤのつかみどころのない不気味さによって。

「巴《ともえ》、心配ないっス。巴《ともえ》は今まで通り打ってればOKっス」

「……留子《るこ》」

ただし、そんなリンパー（便宜《べんぎ》的《てき》にそう呼ぶ）たちにも天敵がいる。

それはテルリードに長《た》けたプレーヤーだ。全ハンドで参加しているなら、その強さを量られてしまうことが最も困難な状況《じょうきょう》となる。

そう、本来であれば留子《るこ》の方がマーヤにとって真の脅威《きょうい》になりかねない存在なのだ。じゃんけんのグーとチョキの関係と表現しても過言ではない。完璧《かんぺき》なテルリーダーは、リンパーを粉砕《ふんさい》できる存在たり得る。

もしそのテルリード能力が、完璧《かんぺき》なものであったならば、だが。

BB：笹倉巴　1470＄
SB：木之下留子　1410＄
ボタン：マーヤ＝オーケルマン　1620＄

留子《るこ》が降りたのでポットに入っていた280ドルはマーヤの許《もと》へ。再びマーヤがディーラーボタンのポジションとなってゲームが再開される。

「コール」

最低限、20ドルのベット。もはやこれは定例行事みたいなもので手の強さを推測する要素には全くならない。

だからこそ、遅効性《ちこうせい》の毒のように後からその『不鮮明《ふせんめい》さ』がのし掛《か》かってくるのだが。

「フォールド」

留子《るこ》は降りた。ということは、マーヤがそれほど安くない二枚を持っていると踏《ふ》んだか。それとも。

「レイズ」

巴《ともえ》に任せるのが最善と踏《ふ》んだのか。そのどちらかだ。巴《ともえ》が迷わずレイズしたところをみると、後者が濃厚《のうこう》か。上乗せしたのは100ドル。

「コール」

間髪《かんはつ》入れず受けて立つマーヤ。こういう場面で迷うそぶりは見せない。オートマティックに行動してくる。

「…………」

それでもきっと留子《るこ》は情報《テル》を感知していることだろう。もはや降りてしまった後で直接的に何かできるわけではないが。

賭け額《がく》が釣《つ》り合《あ》ったので朱梨《しゅり》がフロップを開く。

♠2 ♠6 ♦Q。

「チェック」

巴《ともえ》は様子見を選んだ。この場面でのチェックはあらゆる可能性が想像できる。セオリーの範《はん》囲内《いない》に留《とど》まるプレーだ。

「レイズ」

マーヤは上乗せしてきた。ただし、いつものミニマムレイズ。20ドルだ。

「……………コール」

長考の後、巴《ともえ》も同額で応じる。このコールは強気弱気の範疇《はんちゅう》で語るべきではないな、と直感的に思う。おそらく開かせたいのだ。マーヤの持ち札《ハンド》を。巴《ともえ》は情報に飢《う》えている。

いい傾向《けいこう》とは言えないが、傍観者《ぼうかんしゃ》の俺《おれ》には止められない。そうやって好奇心《こうきしん》で首をつっこんで、何人もの元部員たちが心を壊《こわ》されていった。

さて、明らかに日和見《ひよりみ》の臭《にお》いがする巴《ともえ》のコール。

そんな時に落ちたターンカードは♠A。これはじつに嫌《いや》らしい。ここまでの巴《ともえ》の挙動からしてAを持っている可能性は大いに有り得る。深入りするとマーヤは大怪我《おおけが》を負いかねない。

「レイズ」

だからこそ、こういう局面で毎度積み上げてきたミニマムレイズが活《い》きる。マーヤが賭け増《ま》ししたのは相変わらずの20ドルのみ。これなら自分の強弱を主張する前に、巴《ともえ》の反応を推《お》し量《はか》れる。リレイズしてきたらさっさと降りればよし。でなければ、もう少し併走《へいそう》してもまだ痛手にはならない。

「コール」

巴《ともえ》は同額をポットへ投《な》げ込《こ》むに留《とど》めた。もはや間違《まちが》いない。巴《ともえ》は採算度外視でマーヤのカードを開けさせに来ている。

リバーカードは♠7。

さて、マーヤも巴《ともえ》の意図には気づいていそうなものだ。ここはある程度大きく張って、降ろしにかかる＝手札を隠《かく》すという手法もある。それでリレイズされたら降りてしまえば、やはり自分が何を持っていたか知らせる必要がなくなる。

「レイズ」

マーヤは機械のようなミニマムレイズ。

「コール」

同額で応える巴《ともえ》。ショウダウンだ。

「いけないね、ルーキー。安くカードを見せすぎ」

マーヤが開いたのは、♠K♦4。

強くない、ランダムな勝率で言うなら平均以下の組み合わせ。

しかし、リバーまで引っぱったせいでフラッシュが完成してしまった。しかも場に♠Aが落ちて持ち札《ハンド》が♠Kだから、フラッシュ同士の対決なら必ず勝つ、ナッツフラッシュ。

「…………うう」

項垂《うなだ》れる巴《ともえ》。マーヤの指摘《してき》が妥当《だとう》なのかどうかは、巴《ともえ》の手札を見てみないと把握《はあく》できないのだが、もし負けているのなら巴《ともえ》にはカードを裏返したまま放棄《マック》する権利がある。

「サービスのレクチャータイムだ。何持ってたか見せてみな」

「………………」

マーヤに促《うなが》されて、巴《ともえ》はしばし迷ったのち自分の手札二枚を表向きにする。

♦Aと、♥J。

「あーあ。ダメダメ。その手が入っててなんでターンで大きくレイズしないかな。そしたらワタシ、フォールドだったのに。リバーまで見せちゃったからワタシにフラッシュが完成しちゃった。残念でしたねー、ククク」

ちっちっ、と小指を振《ふ》るマーヤ。言ってることは至極《しごく》ごもっとも。確かに巴《ともえ》視点なら、Aを重ねた時点でレイズするのがセオリーだ。そこに何食わぬ顔でコールしてきかねないのもまた、マーヤというプレーヤーだから一概《いちがい》にはなんとも言えないが。

「…………」

打ち筋を否定された後なのに、巴《ともえ》には意外なほど動揺《どうよう》した気配がない。やはりこの場面は『マーヤの手札を開けさせる』という一点に価値を置いていたのだろう。それが達成できたのだから、前を向く。巴《ともえ》は表情でもってそう語っていた。

この信念の強さこそが、今この場にいる巴《ともえ》の最大の武器だろう。

「巴《ともえ》、ナイスファイトっス。あたしにはばっちり見えてたっスよ。マーヤの手札。おかげで確信が持てたっス。今日のあたしはキレッキレっス」

そしてその信念は、留子《るこ》に重要な情報を与《あた》えた。お互《たが》いのショウダウンで、留子《るこ》はますます自分のリーディングに自信を持つことができた様子だった。

「あ？　黙《だま》れよ早々に降りたザコが。この場ですり潰《つぶ》してやろうか？」

凍《い》てつく視線で留子《るこ》に精神攻撃《せいしんこうげき》を仕掛《しか》けるマーヤ。以前の戦いでは、こうした悪意の濁流《だくりゅう》に呑《の》まれて留子《るこ》は機能不全に陥《おちい》った。今回もまた、そうなる可能性を心配せずにはいられないのだが。

「…………次、行くっス」

フードに包まれ完全には表情が把握《はあく》できないが、やはり今日の留子《るこ》はひと味違《ちが》うような気がする。マーヤの悪意に、現状では心が占領《せんりよう》されていない。

何か別の感情が、悪意への共感を良《い》い意味で乱している。そんな風に思えた。

SB：笹倉巴　1290$
ボタン：木之下留子　1400$
BB：マーヤ＝オーケルマン　1810$

時間経過でブラインドが上がった。これからはSB《スモールブラインド》が20ドル、BB《ビッグブラインド》が40ドル場代を支払《しはら》わなくてはいけない。合わせて、ミニマムベットに必要な額も40ドルに増える。

「オールインっス」

ここで留子《るこ》が大きく動いた！　プリフロップからのオールイン。もし、マーヤに役で負ければ完全敗北が確定する。しかもここまで、マーヤは全てのハンドをプレーしているのだ。

その真意やいかに。

「……フォールド！」

巴《ともえ》は力強くフォールド。ここは留子《るこ》に全てを託《たく》すつもりだ。

「どーするっスか？　受けられるっスか？　……さすがに、そんな手で」

「…………………」

まったく目を逸《そ》らすことなく、十数秒間留子《るこ》を睨《にら》み付《つ》けるマーヤ。俺《おれ》でもひしひしと感じる。ありとあらゆる憎悪《ぞうお》、負の感情、物理的な破壊衝動《はかいしょうどう》。そんな全ての悪意を、マーヤは留子《るこ》に向けて照射し続けていた。

「遅《おそ》い。クロック要求するっスよ」

しかし、留子《るこ》はほとんど動じた様子がない。

もはや確信する。克服《こくふく》したのだ。マーヤの悪意を、何らかの方法で。だから既《すで》に見えている。マーヤの手札二枚が、相当に弱い組み合わせだと。

「自惚《うぬぼ》れんなよ。全知全能の神にでもなったつもり？」

「全知全能の神じゃなくても、あんたの手札くらいスケスケっス」

「……………潰《つぶ》す」

マーヤ、フォールド。あえて、弱気で屈《くつ》したわけではないと表明したかったのだろう。表向きに投げ返されたのは、♣8♥4。これは弱い。さすがのマーヤもオールインされた後ではどうしようもない。せめて自分が先攻《せんこう》ならば、このカードですらマーヤは安くフロップを覗《のぞ》き、相手を降ろしにかかるのだろうが。

「いい勝負できたのに、もったいないっスね」

留子《るこ》もまた、手札を表向きに返す。♠7と、♣3!

クズ手もクズ手だ。こんな手でオールインして、マーヤを降ろした。マインドゲームとして、留子《るこ》がマーヤを完全制圧した瞬間《しゅんかん》だった。

勝負あったかもしれない。悪意でもって留子《るこ》を呑《の》み込《こ》むことは、もはや不可能。マーヤもそう認めざるを得ないだろう。

となると、マーヤのリンプスタイルは留子《るこ》にとって格好の餌《えさ》だ。

シャークとフィッシュの関係が、数ヶ月前とは完全に入《い》れ替《か》わっている。

このまま、留子《るこ》の圧勝すら見えてきた。

「……………………フー、さすがに緊張《きんちょう》したっス」

そう言って、なんと留子《るこ》はフードを脱《ぬ》いでみせた。マーヤに半壊《はんかい》させられたメンタルが、完全回復したことを示す、他ならぬ勇姿だった。

「留子《るこ》。……やっぱり留子《るこ》はすごいよ」

ほんのり頬《ほお》を染めた巴《ともえ》が、素顔《すがお》の留子《るこ》に熱視線を送る。

応じて巴《ともえ》の瞳《ひとみ》を見つめ、ゆっくり頷《うなず》く留子《るこ》。

そうか。おそらくだが、理解した。今の留子《るこ》の心には、昔あった隙間《すきま》がなくなった。

孤独感《こどくかん》という空虚《くうきょ》なエリアが消えたから、悪意で飽和《ほうわ》せずに済んでいる。


「……っ!?」

勇気を無限に生み出してくれる、仲間を、友達を手に入れたのだ。

ボタン：笹倉巴　1270$
BB：木之下留子　1460$
SB：マーヤ＝オーケルマン　1770$

「フォールド」

またしても巴《ともえ》はディーラーボタンで降りた。手の入りが悪いのかと思ったが、もしかしたら違《ちが》うのかもしれない。

この勝負は、留子《るこ》に全てを委ねている。自分はあくまで添《そ》え物《もの》として振《ふ》る舞《ま》い、本当のグッドハンド以外はプレーしないと決めている。そう考えた方が筋が通っているように感じた。

「…………」

沈黙《ちんもく》して、二人の顔を見比べるマーヤ。今はもう、悪意の照射を諦《あきら》めてしまったのか、やけにスッキリした表情になっている。

それがいささか、不気味に映る。

「ねえ、ちょっと質問いい？」

「……？」

「なんスか、いきなり？」

マーヤに問われ、怪訝《けげん》な顔をする二人。

「偶然《ぐうぜん》って、偶然《ぐうぜん》起こるものだと思う？」

「は？」

禅問答《ぜんもんどう》のような問いに、留子《るこ》と巴《ともえ》は一瞬《いっしゅん》だけアイコンタクトを交《か》わす。

「そんなの当然じゃないっスか。偶然《ぐうぜん》起こるから、偶然《ぐうぜん》っス」

「ふうん。タル子《こ》はそっち派ね。トモエは？」

「私は……」

口ごもる巴《ともえ》。常識で考えればこんな問い、留子《るこ》の返答以外ありえない。

しかし、巴《ともえ》は自らの行動でそれを否定してしまった。あの、あらゆる確率を乗《の》り越《こ》えた練習試合での逆転劇は、偶然《ぐうぜん》を心から偶然《ぐうぜん》だと思っているならば、とてもではないが起こせるものではなかった。

「アハハ、そりゃそうだよね。トモエは偶然《ぐうぜん》を偶然《ぐうぜん》だと思ってない。練習試合の時、トモエがポーカーで出世できるとすれば、この勝負は勝てるはずだって、そう思ったんでしょ？　完全に運命論者。スピリチュアルで非科学的」

「…………………」

ポーカーは確率のゲーム。数理こそが真理。今となっては巴《ともえ》もそれを信じてくれているはずだ。運命論で戦っても、いつか大数《たいすう》に殺される。

たとえ、百歩。いや、一万歩譲《ゆず》って『小学生膨張《ぼうちょう》』などというバカげたオカルトの存在を認めたとしてもだ。

「いいんだよ、それで」

「え?」

「ワタシもね、ふと思うことがあるんだ。偶然《ぐうぜん》は偶然《ぐうぜん》にしか起こらない。だから、一生偶然《ぐうぜん》の幸運に恵《めぐ》まれることなく死んでいく人間もたくさんいる。……ってことはさ、裏を返せば偶然《ぐうぜん》を味方にできる人間って、初めから数が決まっているって、そう言えなくもない? 運命論が非科学的だって、証明するの無理じゃない?」

「さっきから何が言いたいんスか?」

「おめでとう、タル子《こ》。アンタは偶然《ぐうぜん》に愛された人間だよって言いたいの」

「はっ、とんだ負《ま》け惜《お》しみっスね。偶然《ぐうぜん》じゃないっス。マーヤ。あんたの手札の強さなんて、顔を見れば一発で――」

「コール」

勝《か》ち誇《ほこ》る留子《るこ》の宣言を打ち切って、マーヤがチップを放り投げた。普段通《ふだんどお》りの賭《か》け金《きん》を釣《つ》り合《あ》わせるための最低額、20ドルだ。

「違《ちが》うんだな。タル子《こ》。あんたは今まで偶然《ぐうぜん》に愛されていただけ。偶然《ぐうぜん》わかった気になった相手の手札が、偶然《ぐうぜん》当たっていただけ。偶然《ぐうぜん》に愛され続けて、今日まで生きてきた。それがタル子《こ》、アンタなんだ」

「…………そんなこけおどしに、引っかかるとでも？」

「こけおどしかどうか、すぐにわかるさ。読んでみなよ、ワタシのハンドを。レイズする？　それともコール？　さあ、いつも通りテルリードして、決めてみな」

「…………………」

留子《るこ》の動きが、ぴたりと止まった。

こめかみから汗《あせ》が一筋、流れ落ちる。

「…………留子《るこ》？」

不安げに声をかける巴《ともえ》。それにすら留子《るこ》は反応できず、じっとマーヤを見つめている。

なんだ。何が起きた？

「そもそも考えてみなよ。負けたら東京湾《とうきょうわん》の底。そんな死線を掻《か》い潜《くぐ》って生きてきた人間が、役の強さを顔に出す？　ありえないって。出ない出ない。出てると思ったのなら、それは出てると思わされただけ。偶然《ぐうぜん》じゃなく必然だ」

まさか、マーヤは今まで、わざとテルを自ら発していた？

留子《るこ》にあえて読み取らせることで、布石を置いていたとでもいうのか。

「さあタル子《こ》。ここからが偶然《ぐうぜん》の領域だ。ワタシの手はどうだい？　強いかい？　弱いかい？

今までみたいに、偶然《ぐうぜん》わかっちゃったら、あとは今までみたいに、その偶然《ぐうぜん》に身を委ねれば良《い》いさ。偶然《ぐうぜん》に愛され続けたタル子《こ》だ。今度もきっと、偶然《ぐうぜん》が助けてくれるさ」

両手を椅子《いす》の後ろで組み、あご先を持ち上げて嗤《わら》うマーヤ。

「……………そんな。そんな、はずは」

留子《るこ》はもはや、顔面蒼白《そうはく》。マーヤの挙動から何のヒントも得られていないのは、見るからに明らかだった。

まさか、そこまでのプレーヤーだったというのか。あの朱梨《しゅり》でさえ完全には隠《かく》しきれない微《び》細《さい》な反応を、ゼロにできるほどマーヤは自分の手役に無反応でいられる？

だとしたら、留子《るこ》ですらテルリードなんてできるはずがない。

「シュリ、埒《らち》があかない。クロックだ」

微動《びどう》だにしなくなってしまった留子《るこ》を見て、マーヤは時間制限を要求する。ポーカーのルールとしてクロック要求は正規のものであるから、朱梨《しゅり》は従わざるを得ない。

「留子《るこ》、時間です」

「……………………チェック」

迷いに迷った末、ようやく留子《るこ》が動いた。レイズではなく、チェック。マーヤに圧倒《あっとう》されている。

フロップは、♥J ♥9 ♥2。超弱気《ちょうよわき》な選択《せんたく》であると、留子《るこ》自らが発するテルが語っていた。

よりにもよってモノトーン。否応《いやおう》なしにフラッシュを意識させられるから、弱気が芽生えた人間にとってもっとも酷《こく》な状況《じょうきょう》だ。

「レイズ」

迷わずマーヤはレイズ。その額……200ドル。ミニマムベットじゃない。ここで決める気だ。完全破壊《はかい》する気なのだ。留子《るこ》を。

「フォールドしたら？　もし、もしさ。ワタシの手の強さがわかってないなら。タル子《こ》に限ってそんなことはないと思うけど～？」

「なんで。なんで、なんで、なんで…………」

留子《るこ》の唇《くちびる》が震《ふる》える。絶対的な自信を持っていたテルリード能力が、突然瓦解《とつぜんがかい》した。そのショックたるや、想像するだけで背筋が凍《こお》る。

「なんで」

「うるさい。シュリ、クロックだ」

「留子《るこ》。決めなくてはなりません。コールか、レイズか、フォールドか」

「…………フォ…………コ、コール」

フォールドと言いかけて、震《ふる》える指で200ドルを投《な》げ込《こ》む留子《るこ》。今降りてしまったら、壊《こわ》れる。ポーカープレーヤーとして完全に壊《こわ》れてしまうと自覚したのだろう。だから降りられなかった。だがコールで救われる要素はなにもない。ただの先延ばしにしかならない。マーヤからテルが消えたのだとしたら、技術で上回るしか勝ちの目はない。

だが現時点の留子《るこ》には難しいだろう。テルリードで生きてきた人間が、いきなりチップの駆《か》け引《ひ》きでマーヤを圧倒《あっとう》できるはずがない。

ターンカードは♠A。

つくづく嫌《いや》なカードばかり落ちる。

「レイズ」

マーヤが200ドルをレイズ。オールインでも良さそうな場面なのに、嬲《なぶ》る気だ。一気に殺しにはかからない。徹底的《てっていてき》に嬲《なぶ》ってチップをそぎ落とし、二度と留子《るこ》がカードを握《にぎ》る気になれないところまで精神的に追《お》い詰《つ》めるつもりなのだ。

「…………コール」

留子《るこ》は、降りない。降りられない。まさしくティルト。冷静な状況《じょうきょう》判断がまったくできなくなっている。

もっとも、降りたところで既《すで》に致命傷《ちめいしょう》を負ってしまっている可能性は高いが。

リバーカードをめくる。♣K。もう勘弁《かんべん》してやってくれ、と言いたくなるくらいあらゆる役の臭《にお》いが漂《ただよ》う五枚が揃《そろ》ってしまった。

「レイズ」

マーヤは400ドルのレイズ。鬼畜《きちく》すぎる。せめて一息にとどめを刺《さ》してやってくれ。留子《るこ》の復活を信じていないわけではないが、しかし。こんな風にキリキリと首を絞《し》め上《あ》げられ続《つづ》けている状況《じょうきょう》は見るに堪《た》えない。

「コール」

すかさずコールした留子《るこ》。……ん。少し生気が戻《もど》っている。

ということは、摑《つか》んだのか。希望を。充分《じゅうぶん》に戦える役が完成した？

だとすれば、この勝負を制することさえできれば、充分《じゅうぶん》立ち直る時間も得られるはずなのだが、果たして。

「なあタル子《こ》、お願いがあるんだ。先にそっちからショウダウンしてくれない？　ワタシの人生の、転機になるかもしれないから」

マーヤがよくわからないことを言う。本来、この場面だと先にレイズしたマーヤの方から手札を見せるのが礼儀《れいぎ》なのだが。

「…………さっき、言ってたっスよね。リバーまで引っぱりすぎだって。同じ言葉を返すっス」

留子《るこ》は言われたとおり、自分から二枚のカードを表にした。

その絵柄《えがら》は、♦A♠K。

「やっぱ。AKツーペア？　まじで？」

目を剝《む》くマーヤ。

……なんだかもの凄《すご》い違和感《いわかん》があった。今の驚《おどろ》き方《かた》、演技とは思えない。どこか本気で焦《あせ》ってるようにさえ思えた。

「……ま、もう足搔《あが》いてもしかたない。今度はワタシの、偶然《ぐうぜん》の時間だ」

肩《かた》をすくめ、マーヤも手札を表向きにする。

♥3♥7。

クズ手……しかし、フラッシュ。

「ハハ……アハハハハハハハハ！　やっぱワタシ持ってるねー。ここでフラッシュ引く⁉」

驚喜《きょうき》するマーヤ。驚喜《きょうき》。言葉の通りだ。驚《おどろ》きながら喜んでいる。何に驚《おどろ》いている？　自分の手役の完成に驚《おどろ》く理由…………っ！

「そういう、ことだったんスか……」

全てを察し、マーヤを睨《にら》み付《つ》ける留子《るこ》。

「そういうこと。タル子《こ》たんのテルリード、敗れたりってね」

邪気《じゃき》に満ちたウインク。なんて狡猾《こうかつ》で、大胆《だいたん》で、幸運なんだ、マーヤ＝オーケルマンというプレーヤーは。

「せ、先生。今のはいったい何が……」

「見てなかったんだよ、マーヤは。最初に配られた二枚のカードを、見ないままゲームに参加してた」

一人、カラクリに気づいていない巴《ともえ》に説明する。マーヤは自分が持っているカードがなんなのか、最後まで知らなかった。マーヤ自身がわかっていないのだから、留子《るこ》が読めるはずもない。

だから急に、マーヤが発するテルが消《き》え失《う》せてしまったように思えたのだ。

「そ、そんな⁉　じゃあこのフラッシュができてなかったら……」

「ボロ負けだったかもね。『偶然《ぐうぜん》』ボロ負けしていたかもしれない。でも、結果的に『偶然《ぐうぜん》』勝った。これで確信したよ。ワタシはちゃんと、偶然《ぐうぜん》に愛されてる側の人間だって。正しい確率で打てば、偶然《ぐうぜん》が味方してくれる。だからこそ、もう一度数理の信者に戻《もど》れる」

運、不運。否定してしまいたい概念《がいねん》だ。

しかし、人生では時にあらゆる確率を凌駕《りょうが》するほどのクソみたいな展開を味わわされることもまた、事実なのだ。それが確率の分散が持つ、もう一つの顔。

だから、運命論を否定することが、必ずしも強さには繋《つな》がらない。自分がたまたま偶然《ぐうぜん》を引き寄せられる側であるという信念が、勝敗を分けることもある。

それゆえに。ポーカーは面白《おもしろ》く、そして残酷《ざんこく》なゲームだ。

BB：笹倉巴　1270$
SB：木之下留子　620$
ボタン：マーヤ＝オーケルマン　2610$

先ほどの衝突《しょうとつ》で、マーヤが圧倒的《あっとうてき》優位なポジションに立った。しかもブラインドが上昇《じょうしょう》し、ＳＢ《スモールブラインド》で40ドル、ＢＢ《ビッグブラインド》で80ドルの場代が要求される。

こうなるともはや、留子《るこ》はかなり厳しい。ただ、マーヤのテル消しはそう何度も使える戦法ではない。点差があるのでまた偶然《ぐうぜん》に委ねられてしまっては厳しい状況《じょうきょう》ではあるのだが、種が割れたあとならば恐《おそ》れる必要はない。

「宣言するよ。今度はちゃんとカードを見た。見た上でコールだ」

むしろ、こうして本来のスタンスに戻《もど》られる方が厄介《やっかい》だ。80ドルを投じたマーヤ。留子《るこ》は受けるならあと40ドル支払《しはら》う必要がある。６２０ドルのうちの追加40ドルは、決して安くない。慎重《しんちょう》な判断が求められる。

「偶然《ぐうぜん》に愛されるだのなんだの、そんなのあるわけないっス。偶然《ぐうぜん》は偶然《ぐうぜん》。それ以外の何物でもないっス」

「つまり？　今回はワタシの手札の強さが読めてるんでしょ？　じゃ、どうする？」

「レイズっスよ、当然に！」

留子《るこ》が追加で投じたのは、400ドル！　勝負に出た。マーヤの手札を弱いと読んだのだ。

この局面で、恐《おそ》らく雌雄《しゆう》が決する。

「……コール！」

巴《ともえ》もコールで参入した。どのみちこの衝突《しょうとつ》で終わる。ならば自分も戦場に立ち続けるべき、という判断かもしれない。

「コール。楽しみだね、フロップが」

マーヤも退《ひ》かない。三《み》つ巴《どもえ》での最終決戦が、幕を開ける。

ポットには1320ドル。留子《るこ》はもはや、この額を取り返すことでしか勝ち目はないだろう。

既《すで》に撤退《てったい》の目は断たれた。

朱梨《しゅり》が一枚ずつ、丁寧《ていねい》に、三枚のカードをめくる。

「……ククク。どんな気分？　テルリードの達人さん」

「…………クソゲーにも程《ほど》があるっス」

あからさまな反応を示したのは、マーヤと留子《るこ》。

しかし。

俺《おれ》はなぜか、笹倉巴《ささくらともえ》の横顔ばかりを見つめていた。

尖《とが》った八重歯《やえば》をむき出しにして嗤《わら》うマーヤ＝オーケルマンでもなく、顔面蒼白《そうはく》でうつむく木《き》之下留子《のしたるこ》でもなく、無性《むしょう》に巴《ともえ》のことが気になった。たった今正念場を迎《むか》えているのは、明らかにマーヤと留子《るこ》の方であるのに。

凛《りん》として、巴《ともえ》は順番を待っている。一度だけちらりと覗《のぞ》き込《こ》んだ二枚のカードをテーブルの上に伏《ふ》せたまま、まっすぐマーヤの顔を見つめている。

十歳《さい》の少女であることを忘れてしまいそうになるほど、巴《ともえ》の瞳《ひとみ》には覚悟《かくご》が宿っていた。

「…………オールイン」

消え入るような声と共に、留子《るこ》がチップの固まりを前に差し出した。

完全に負けを確信している。

それでも、もはや後には退《ひ》けない状況《じょうきょう》なのだ。ひとつ前の衝突《しょうとつ》で留子《るこ》は大敗し、雀の涙《すずめなみだ》ほどしかチップを持っていない。そして今回、既《すで》にマーヤともう一度真っ向勝負することを選択《せんたく》した以上、全てのチップを賭《と》すことでしか生き残りの可能性はゼロだ。降りれば次の場代《ブラインド》を支払《しはら》うだけでも大打撃《だいだげき》。どのみち死ぬなら前に踏《ふ》み出《だ》すしかなかった。

ポーカーというゲームに宿る悪魔《あくま》が気まぐれに起こす偶然《ぐうぜん》の奇跡《きせき》に身を委ねることが、唯一《ゆいいつ》の生存ルートとなる。

たとえそれが、紙よりも薄《うす》い氷の上を歩くような道だとしても。

フロップで開かれた三枚のカードは♠9♥J♠7。なるほど嫌《いや》な感じだ。相手がマーヤであることを加味すれば特に。

先ほど負けたばかりなのに果敢《かかん》に勝負に出たということは、留子《るこ》の手はいいはず。大きい数のトップペア、おそらくQQ以上が入ってる。最強のAAかもしれない。

それをあっさり台無しにしかねない三枚だ。なぜならマーヤはどんな局面でも勝負に参加してくる。這い寄る十徳ナイフ《リンプ・ビズキット》の異名は伊達《だて》じゃない。

俺《おれ》は全員の持ち札《ハンド》を覗《のぞ》いてみたい衝動《しょうどう》に駆《か》られた。事実、可能ではあるのだ。ここにはカメラで誰《だれ》が何のカードを持っているのか閲覧《えつらん》するための設備が整っている。

しかし、命運の懸《か》かった真剣《しんけん》勝負に敬意を表し今日は使っていない。不完全情報ゲームを不完全情報ゲームのまま観戦している。

やはり止《や》めておこう。別に自ら情報《テル》を顔に出してしまう心配をしているわけではない。ポーカープレーヤーとしての自分を、そこまでは過小評価しない。

ただ、見守りたい気持ちが勝《まさ》った。この一戦を、ノーリミット・テキサスホールデムという俺《おれ》が愛して止《や》まないゲームそのままの姿で。

「アンタの番だよん、トモエ」

指先で三枚のチップを弄《もてあそ》びながら、マーヤは片肘《かたひじ》を突《つ》いた。もはや留子《るこ》との勝負付けは済んだと言わんばかりの態度。実際かなりの確率でその通りなのだろうが。

「…………」

静かに深呼吸を続ける巴《ともえ》。長い沈黙《ちんもく》が続いた。恐《おそ》れも希望も、巴《ともえ》の面持《おもも》ちには現れない。ただひたすらまっすぐ、巴《ともえ》はマーヤを見つめ続けていた。

マーヤも同じだった。意味を読み取るには透明《とうめい》すぎる薄《うす》ら笑《わら》いをずっと浮《う》かべたまま、巴《ともえ》の視線を正面から受け止めている。

「…………っ」

おおよそ二分。おそらく本人たちの体感では優に十分以上に感じたであろう睨《にら》み合《あ》いの末、巴《ともえ》の右手が、すうっと水平に動いた。

ついに。運命の歯車──その最後の一枚が回り出す。

「………え」

声を出したのは留子《るこ》だけだったが、巴《ともえ》の行動を見て、誰《だれ》もが驚《おどろ》きに包まれた。

巴《ともえ》の右手はチップの上を素通《すどお》りして、留子《るこ》の左手をぐっと握《にぎ》りしめた。

まるで、意志を、あるいは遺志を引《ひ》き継《つ》ぐかのように、巴《ともえ》は留子《るこ》の左手を長らく握《にぎ》りしめ続《つづ》けた。

「巴《ともえ》。……ごめん。頼《たよ》りない友達で、申し訳ないっス」

留子《るこ》の声は震《ふる》えていた。

「そんなことない。こんなに頼《たよ》りがいのある友達なんて、他にいるわけがない」

巴《ともえ》の声は明瞭《めいりょう》によく響《ひび》いた。

「……なーにやってんの。友情ごっこなら後にしろよ」

「ごっこ、じゃないよ」

ようやく、巴《ともえ》が留子《るこ》の手を離《はな》す。

そして、目の前の全てのチップを、対面《トイメン》のマーヤ目がけて力強く差し出した。

「オールイン！」

「……お前もザコか、つまんないな。タル子《こ》がこんだけ震《ふる》えてる意味くらい、気付けっての。もういい、出てけ。二人ともいらないから、消えろ」

マーヤも迷わず、オールインで応える。

三者共に、オールイン。これにて、もう誰《だれ》も引き返せない。

あとはショウダウン。そして、リバーまで残り二枚のカードをめくるのみ。

それで大勢は決する。

「タル子《こ》、見せてみろ」

マーヤが手札のオープンを要求。確かに最初のオールイン宣言は留子《るこ》だから、それは正当な権利だ。

「こんなに喜べないポケットエース、できれば二度と拝みたくないっス」

♥A ♦A。プリフロップでは最強の組み合わせ。なのに、留子《るこ》の面持《おもも》ちはひたすらに沈《しず》みきっている。

「おーおっかない。負けちゃうかも……4カード《クワッズ》でも引かれたら終わるわ～」

演技がかった声と共にマーヤが手札を開く。

[◆8][♣10]。

既《すで》に、ストレートが完成している。留子《るこ》はターンで三枚目の[A]を引き当てても逆転できない。さらにリバーで四枚目の[A]が落ちれば一応ストレートを捲《まく》れるが、その確率は約0.08%。フルハウスの可能性を加味しても絶望的だ。

「で、そっちのドシロートは何を持って参加したんだよ」

鼻を鳴らし、片肘《かたひじ》を突《つ》いて巴《ともえ》を睨《にら》むマーヤ。失望による怒《いか》りが苛烈《かれつ》に滲《にじ》み出《で》ていた。

にもかかわらず、巴《ともえ》は清らかな微笑《ほほえ》みを浮《う》かべたままだ。

「よかった。やっぱりストレートなんだね」

巴《ともえ》が手札を開く。

[♥2][♠10]。

絶望的に弱い。

弱いが、しかし。

「…………」

マーヤの顔つきが変わった。

この勝負、まだ決着しきってはいない。

朱梨《しゅり》がターンカードを開く。

――[♠]の、[Q]ッ！

「巴《ともえ》っ！」

留子《るこ》が立ち上がり、すがりつくように巴《ともえ》の肩《かた》を抱《だ》く。巴《ともえ》は微動《びどう》だにしない。まだ、ただ、ひたすらに、テーブルの一点を見つめている。

五枚目のカードが落ちる前の、緑色のラシャを。

「…………ストレートが上に伸《の》びたぜ。わかるだろ、偶然《ぐうぜん》に愛されてるのは……ワタシなんだよ」

確かに、マーヤのストレートは[J]ハイから[Q]ハイに変化した……が。

「どのみちもう、ハイカードが何かなんて関係ない。偶然《ぐうぜん》の神さまがいるとして、私を選ぶのか、マーヤを選ぶのか。まだわからない」

「シュリっ！　もったいつけるな！　さっさと五枚目見せろッ！」

「たのむっス！　今初めて、朱梨《しゅり》に……ヒトサマに祈《いの》りを捧《ささ》げるっス！　偶然《ぐうぜん》でも何でも良《い》いからあたしを、あたしの価値を、認めて欲《ほ》しいっス！」

正直に告白しよう。俺《おれ》はこの場にいる小学生たち全員に、ただならぬ興奮を覚えていた。

こいつら全員、逃《のが》してなるものか。全員まとめて、手の内に抱《かか》えたい。

そんな未来を呼び込《こ》む結末を、一人のばくち打ちとして願わずにはいられなかった。

朱梨《しゅり》が叩《たた》きつけるように、最後の一枚を、リバーカードを開く。

A。
エース。
――♠の、Aッ!!
『…………………』
ただ一人、手札に一枚♠を忍《しの》ばせていた、巴《ともえ》の。
コミュニティカード四枚使いのフラッシュ。
裏口《バックドア》フラッシュが、成就《じょうじゅ》してしまった。
A3カード《セット》対、Qハイストレート対、Aハイフラッシュ。
三者の対決は。
笹倉巴《ささくらともえ》の勝利で確定した。
「っ!」
ぐっと両拳《りょうこぶし》を握《にぎ》り、声もなく背中を丸める巴《ともえ》。
放心したように、椅子《いす》へ倒《たお》れ込《こ》む留子《るこ》。
ぎり、と親指を噛《か》み、五枚のコミュニティカードを睨《にら》み付《つ》けるマーヤ。
「…………質問がある。いいか?」

その後、長い沈黙《ちんもく》を破ったのは、マーヤだった。

「えっと……私に？」

「そうだよトモエ。お前、『やっぱり』ストレートか……って言ったよな。どういう意味だ？」

「……冷たかった」

「は？」

「握《にぎ》った留子《るこ》の手が、冷えきってた。本気でマーヤに怯《おび》えてた。ということは、ドロー――未完成の手札じゃない。フロップでもう既《すで》に、役が完成している。留子《るこ》がマーヤの手を読んで、そう確信しているって、わかった。それに、留子《るこ》が強いペアを持っている可能性は私にも伝ってたから、負けを覚悟《かくご》するとしたら、ストレートしかない。♠9 ♥J ♠7 のフロップで、完成する最強の役は、8 と 10 持ちのストレート。それしかない」

「……ワタシも♠を持ってる可能性は？」

「あるけど、それは♠8 だけ。だって、♠10 は私が持ってるから。J 以上の♠もありえない。もし持っていたら、フロップではまだストレートが完成しない。マーヤの手は、♠以外の 10 と、♠かもしれない 8。それなら、フラッシュ対決になっても♠10 で勝てる。フラッシュさえ引ければ、私はマーヤに勝てる」

「だから、勝負に？」

「それと、もうひとつ。これは細かいことだけど」

「この際全部聞かせろ」

「留子《るこ》も♠を持っていない。持ってたら、あんなに手は冷え切らないはず。私と同じようにバックドアフラッシュに最後の望みを託《たく》していたはず。それができなかったということは、留子《るこ》の手は♠を含《ふく》まないハイカードのペア。だから、私以外に♠が入っている可能性は、低い。多く見積もってもマーヤに私より弱い♠8一枚だけ。残りは全部カードの山の中。山にはまだ九枚か十枚、♠が埋《う》まっている。それなら……」

「それなら？」

「偶然《ぐうぜん》の神さまに頼《たよ》っても……バチはあたらないかなって」

照れくさそうにはにかむ巴《ともえ》。

傍《かたわ》らで、俺《おれ》は朱梨《しゅり》と目を合わせ驚《おどろ》きを交換《こうかん》し合《あ》っていた。

確かに、また巴《ともえ》は無茶を働いた。♠一枚持ちからモノトーンでもないフロップでフラッシュを引きに行くなんて、暴挙としか言いようがない。

しかし、その決断に至るまでの思考は、ポーカープレーヤーとして完璧《かんぺき》で、理知的だ。俺《おれ》たちの教えを短期間で着実にモノにしている。

知を身につけてもなお、死を恐《おそ》れない。ポーカーという競技に殉《じゅん》じる覚悟《かくご》が……否《いな》、ポーカーという死《し》臭漂《しゅうただよ》う競技の中にあってもなお枯《か》れない生への確信が、笹倉巴《ささくらともえ》という存在を末恐《すえおそ》ろしい勝負師に仕立て上げている。

そして何より大切なこと。この勝利は巴《ともえ》一人で成《な》し遂《と》げられたものではない。巴《ともえ》が留子《るこ》のテルリード能力を信じ切っていたが故《ゆえ》、掌《てのひら》の温度でマーヤのハンドを見定め、一切《いっさい》疑わなかった。二人の連帯感と以心伝心なしには到達《とうたつ》し得なかった勝利なのだ。陽明《ようめい》学園初等部ポーカークラブには欠片《かけら》ほども存在していなかったチームワークという要素を、巴《ともえ》がもたらしてくれた。もしかすると俺《おれ》たちは、とんでもない価値を持つ原石を掘《ほ》り当《あ》ててしまったのかもしれない。

「参ったね。トモエをドシロートと読んだ自分が誰《だれ》よりも鮫《フィッシュ》の餌だった」

マーヤが立ち上がり、すたすたとポーカールームの外へ向かっていく。

チップ状況的《じょうきょうてき》に、マーヤはまだ飛ばされたわけではない。しかし、事実上の敗北宣言のつもりだろうか。

「待って、マーヤ」

「止めてくれるな。これ以上ワタシに恥《はじ》をかかせないで。勝負事には引《ひ》き際《ぎわ》も肝心《かんじん》」

「そうじゃないよ。ゲームの続きのことじゃない」

巴《ともえ》の落ち着いた声に、怪訝《けげん》そうな顔で振《ふ》り返《かえ》るマーヤ。

「まだ、入部テストの結果を伝えてない。……私は、言うのもおこがましいけど文句なしに合格だと思う。マーヤといっしょに戦えたら、本当に心強い。留子《るこ》は？」

「あたしにわざわざ訊《き》くっスか？　巴《ともえ》がいなくてもストレートで飛ばされてるんだから、合格に決まってるっス」

留子《るこ》がわざとらしく肩《かた》をすくめる。それから二人は視線を朱梨《しゅり》に向けた。

「もとより合格です。このテストがあろうとなかろうと」

「よかった。……先生。私たち部員は全員、合格だと思うのですが」

最後に巴《ともえ》は、澄《す》んだ瞳《ひとみ》で俺《おれ》を見つめた。まったく、答えなんてわかってるくせに、律儀《りちぎ》というかなんというか。

「おめでとう、マーヤ。今日から晴れて、君も正規部員だ」

精一杯《せいいっぱい》の微笑《ほほえ》みで伝えてやったのに、マーヤは歯磨《はみが》き粉《こ》と間違《まちが》えて洗顔料を口に突《つ》っ込《こ》んだ時みたいな顔をして舌を出した。

「ワタシ、そういう茶番みたいなの死ぬほど嫌《きら》いなんだけど」

その気持ちに関しては同意する。

しかし、口とは裏腹に、マーヤは踵《きびす》を返すと元々座《すわ》っていた椅子《いす》にすとんと腰《こし》を下ろし、蹴《け》り上《あ》げるような仕草で脚《あし》を組んだ。……思いっきりパンツ見えてた件については気づかなかったことにする。

「クズカードをかき集めてフロップでやりくりするのも、よくよく考えたらワタシらしい戦い方か。しゃーないな。ここで、このメンバーで我慢《がまん》してやるよ」

「……ヨロシクの一言くらい言えないもんスかね」

「よろぴく、万年補欠のタル子《こ》たん」

「こいつ絶対蹴落《けお》としてやるっス。……それと。ようやく言うチャンスが来たっスが、タル子《こ》って呼ぶな！」

「じゃあなに？　……したる子《こ》？」

「それもダメっス！」

早くも紛争《ふんそう》の種が……と嘆《なげ》くべき場面か。それとも、意外と良《い》いコンビになりそうだなと苦《く》笑《しょう》すべきか。いきなり悩《なや》ましい掛《か》け合《あ》いが目の前で繰《く》り広《ひろ》げられている。

まあ、とにもかくにも。

「先生。とっても面白《おもしろ》いチームになってきたんじゃないでしょうか！」

瞳《ひとみ》をキラキラさせる巴《ともえ》の言葉には、頷《うなず》くばかりだった。

二階堂朱梨《にかいどうしゅり》。

木之下留子《きのしたるこ》。

マーヤ＝オーケルマン。

そして。

「そうだな、巴《ともえ》。お前のおかげで、な。運命論者じゃないつもりでも、巴《ともえ》にだけは感じてしまうよ。運命の出会いってやつを」

クセの強すぎる三人を繋《つな》げてくれた、笹倉巴《ささくらともえ》。この少女の求心力が、陽明《ようめい》学園初等部ポーカークラブ自体にも大きな『膨張《ぼうちょう》』をもたらしてくれるかもしれない。

地球規模で見たら、微々《びび》たる膨《ふく》らみに過ぎないだろう。でもこの小さく隆起《りゅうき》した丘《おか》が噴火《ふんか》を起こし、いつの日か大山として君臨するそんな日を、俺《おれ》はどうしても夢想せずにはいられなかった。

「ふにゅ……あ、あ、あの。先生。そんな、なんというか。熱のこもったお言葉、とても嬉《うれ》しく思うのですが、私はまだ小学生で……」

「ん?」

しみじみと頷《うなず》いているうちに、巴《ともえ》が真っ赤になって両手を内ももに挟《はさ》み込《こ》んでいる。

「……顧問《こもん》のタイホで大会出場停止、だけは避《さ》けたいっスね」

「そこだけはしっかり協力して予防していこう。そこだけは」

留子《るこ》とマーヤの視線が痛い。なんで俺《おれ》の逮捕《たいほ》なんて飛行機事故みたいな心配をし始めたんだ、こいつら。

「…………………………」

そんな中、輪をかけて凍える視線で俺《おれ》を急速冷却《れいきゃく》しているのは、確認《かくにん》するまでもなく朱梨《しゅり》だったが。

逮捕《たいほ》される予定は今のところまったくない。

とはいえ。自分で言うのもなんだが、つつがなく大会を迎《むか》えるために、このクラブに潜《ひそ》む大きな禍根《かこん》の種のケアだけは絶対に怠《おこた》ってはならない。俺《おれ》は再び強く思わされた。

♣CEOルーム

「マーヤ＝オーケルマンの帰還《きかん》か。いよいよ私にも上振《うわぶ》れのタイミングが回ってきたかな」

二階堂静《にかいどうしずか》が微笑《ほほえ》む。ほとんど感情を表に出すことのない男なので、これほどはっきりとわかる上機嫌《じょうきげん》が拝めるのは稀《まれ》だった。苫小牧《とまこまい》のＩＲ誘致《ゆうち》も順調に動き出したようだし、吉報《きっぽう》が続いてさすがに気が緩《ゆる》んでいるのかもしれない。

「そういえば、マーヤは人種的には完全に『外資』ですが、その点は？」

「日本国籍《にっぽんこくせき》を取得したのだろう。ならばまったく問題ない。最強の刺客《しかく》としてぜひ育て上げてくれたまえ」

純血主義ではないあたり、フレキシブルだ。いやむしろ合理主義の申し子みたいな人間だから、人種など判断材料にすら入っていないのかもしれないが。

「かしこまりました。それでは今後の活動ですが、全日本小学生ポーカートーナメント《ASPT》の予選に向けて育成を続けます。若干《じゃっかん》、レポートは変化に乏《とぼ》しいものになってしまうと思われますが……」

「便りがないのはよい知らせ、ようやくそう言える状況《じょうきょう》だ。君を信頼《しんらい》している。予選が迫《せま》るまで直接面会は二週に一度に減らしても良《い》いだろう」

上機嫌《じょうきげん》だ。ひたすらに上機嫌《じょうきげん》だ。気持ち悪いくらいに。

「それではお言葉に甘《あま》えさせて頂きます。新人の笹倉巴《ささくらともえ》を中心に、全国レベルで通用する実力を全員に備えさせるべく、全身全霊《ぜんしんぜんれい》を尽《つ》くします」

「頼《たの》んだぞ。絶対に負けられない戦いになるからな。今年のＡＳＰＴは」

「はい。……はい？」

一度頷《うなず》いてしまった後で、ニュアンスの異なる『はい』を返してしまった。

もはや予感、とかそういう生やさしい視点からこの男の発言を捉《とら》えることすら困難になってきている俺《おれ》だった。

何かある。ヤバい裏事情が。既《すで》に確信せざるを得ない。

「なんだ？　負けるつもりなのか？」

「……勝つつもりです」

「ならば良《い》い。ハミルトンの鼻息がますます荒《あら》くなってきているところに、他の外資連中も苫《とま》小牧《こまい》の抗争《こうそう》について妙《みょう》に興味を持ったらしい。結論だけ伝えよう。お台場《だいば》の利権はＡＳＰＴに委ねられた」

「ちょっと、意味が……」

ふだん無駄《むだ》に話が長いくせになんでこういう時だけ単刀直入なんだこの男は。

とぼけてみせたが、それは演技だった。そうでもしなければこの場で気絶して倒《たお》れかねなかったから。

「ASPT優勝校のスポンサーが、日本国IRの本丸と期待されるお台場《だいば》カジノ第一号の権利者となる。敵はフィエールだけではなくなった。他にも数社が資金提供、コーチの派遣《はけん》、有能な海外選手のスカウトなど様々な形で、津々浦々《つつうらうら》の小学校に対し支援《しえん》を開始した。狂気《きょうき》としか思えないな」

「ご自分で仰《おつしや》いますか、それ……」

「狂気《きょうき》としか思えないが、狂気《きょうき》を避《さ》ける気など微塵《みじん》もない。必要なのは利権だ。そして君に委ねた仕事は有能な選手の育成。お互《たが》い状況《じょうきょう》は何も変わっていない。敗北がよりいっそう許されなくなっただけに過ぎない」

それが問題なのだ！

心の中だけで叫《さけ》んだ。

「…………………確かに」

だが。いいさ、もうこうなったらやるしかない。それだけ責任が増したということは、勝利報酬《ほうしゅう》も多額を請求《せいきゅう》できるはずだ。それこそ、億単位でむしり取るのも不可能ではないと踏《ふ》む。

金だ。金をせびりに、俺《おれ》はこの男の軍門に降《くだ》った。

ならばこの手の状況《じょうきょう》に、いちいち尻込《しりご》みばかりしていては成長がない。

腹をくくるしかないのだ。この男の許《もと》で稼《かせ》ぐというのはそういうことだと、いい加減呑《の》み込《こ》むしかない。

❤陽明学園初等部・ポーカールーム

「フルハウスです」

「またっスか⁉」

「二連続フルハウスはさすがにイカサマだろこら！」

マーヤの入部以来、部活動では朱梨無双《しゅりむそう》が長らく続いていた。どうも『朱梨《しゅり》って実はそんなに強くない説』に本気でカチンと来て夜叉《やしゃ》と化してしまったフシがある。相手が巴《ともえ》だろうと誰《だれ》だろうと、連日『ムシれるだけムシる』を地で行く猛攻《もうこう》を披露《ひろう》し続《つづ》けていた。

運や流れなど信じていないが、つい冗談《じょうだん》で『大会本番に下振《したぶ》れ期《き》に突入《とつにゅう》しないでくれよ』と懇願《こんがん》したくなる。誰《だれ》よりも確率思考の持ち主である朱梨《しゅり》にそんなことを言って返ってくる反応なら想像するまでもないから、間違《まちが》っても口に出したりはしないが。

梅雨真《つゆま》っ只中《ただなか》の六月。部内の勝負は苛烈《かれつ》を極《きわ》めていたが、スケジュールで言えばしばらくの間モラトリアムを享受《きょうじゅ》できるタイミングだった。

結局今回も今のところ、二階堂静《にかいどうしずか》からの必勝厳命について部員たちには伝えていない。少なくとも大会が近付くまでは、リラックスできる環境《かんきょう》で各々《おのおの》の実力を伸《の》ばしてもらう方が効率的だろう。全国の小学生と覇権《はけん》を競《きそ》うプレッシャーなら、望むと望まざるといずれのし掛《か》かってくるのだから。

「先生、今回のハンドなんですが……」

「うーん。これは仕方ない。[J][J]ペア持ちで3カード《セット》になって降りるのは難しいよな。ただ二枚も[Q]が落ちたことは意識の片隅《かたすみ》には残しておいてくれ。[Q][Q]持ちのクワッズ。それから実際朱梨《しゅり》が[J][Q]で引き当てた[J][J][Q][Q][Q]のフルハウス。薄《うす》いけど捲《まく》られる役があることはわかった上で、でもアグレッシブさを忘れず……バランス感が難しいハンドだったのは間違《まちが》いない」

それに今は、巴《ともえ》の育成に全神経を集中したい。ポーカー以外の雑事は、なるべく減らしてやるのがコーチとして正道だろう。

というわけでここのところは背後《はいご》霊《れい》のように、ずっと巴《ともえ》の真後ろに立って部内ゲームを見守っている。ウザったく思われたら即刻《そっこく》止《や》めるつもりではあるが、

「……わ、わかりました。いつも丁寧《ていねい》にありがとうございます……えへへ」

振《ふ》り返《かえ》って微笑《ほほえ》むその表情を見る限り、不快に思われているということはなさそうだ。俺《おれ》がよほど人の感情にニブい場合は別だが、そこはそれ。これでもそれなりのポーカープレーヤーを自称《じしょう》しているわけでして。

「…………休憩《きゅうけい》しましょう」

山のようにチップを積み重ねた朱梨《しゅり》が立ち上がり、扉《とびら》の方へ向かう。朱梨《しゅり》にしてはやけに一方的だなと少し違和感《いわかん》を覚えた。

「巴《ともえ》」

「な、なに？」

「少し外の風に当たりませんか？」

「…………………」

なんとなく俺《おれ》は巴《ともえ》と顔を見合わせてしまう。六月の屋外よりだったら、冷房《れいぼう》の効いたこの部屋の中にいた方がよっぽどリフレッシュできそうなのだが。

「来ないのですか？」

「い、行く！　行きます！」

しかし朱梨《しゅり》はなんとなく圧を感じさせる口調で促《うなが》す。巴《ともえ》としても、断るのは勇気が必要だったのだろう。慌《あわ》てて立ち上がり、朱梨《しゅり》の後に続いて部屋から出て行く。

「朱梨《しゅり》のやつ、どうしたんだ？」

「刺《さ》すんスよ」

「そして埋《う》める。桜の木の下に」

思わず呟《つぶや》くと、留子《るこ》とマーヤからはろくでもない返答が。

ただ、さすがにそれは冗談《じょうだん》としても。なんとなく怪《あや》しい雲行きを、俺《おれ》も感じずにはいられなかった。
ただの杞憂《きゆう》であってくれれば良《い》いんだが。

Pocket Ace!

エピローグ

マーヤ・オーケルマン

♣生年月日：10/21
♣血液型：O
♣身長：150cm
♣クラス：5年3組
♣好きな科目：課外活動
♣好きな手役：ツーペア
♣特技：空気を読まないこと

♠陽明学園初等部・屋外

「な、なにか私に用事……だったり？」

「そうですね。巴《ともえ》に用事……いえ、伝えたいことがあります」

「伝えたいこと？」

「その前に念のため、確認《かくにん》をさせて下さい。……巴《ともえ》。貴方《あなた》は森本和羅《もりもとかずら》先生に、好意を抱《いだ》いていますね？」

「……え。ええええええっ!! そ、それはその、なんていうか！ 優《やさ》しい先生だし、ポーカーも丁寧《ていねい》に教えてくれるし……えっと、えっと」

「そういう意味ではありません。和羅《かずら》先生に、異性として、恋心《こいごころ》を抱《いだ》いていますね？」

「ど、どうしてそんな……うう。朱梨《しゅり》、いじわるだよ……」

「……確かに、そうかもしれません」

「しゅ、朱梨《しゅり》？」

「伝えるのは意地が悪いのかもしれない。その可能性について、何度も葛藤《かっとう》しました。でも、これ以上隠《かく》し通《とお》そうとする方が、いずれもっと深い傷を与《あた》える。そう判断しました」

「どういう、意味？」

「巴《ともえ》、ごめんなさい」

「朱梨《しゅり》、顔が怖《こわ》いよ……？」

「私と、森本和羅《もりもとかずら》先生は、将来の結婚が確定しています」


「…………………………………………………………え」

「いわゆる、親が決めた許嫁《いいなずけ》というものです。私自身、納得《なっとく》してはいませんが」

「納得《なっとく》、してない……の？」

「していません。ただ、楯突《たてつ》くために必要な代償《だいしょう》の大きさは、理解しています。……余所《よそ》から横槍《よこやり》を入れる立場なら、なおさら悲劇的な結末を覚悟《かくご》する必要があるでしょう」

「…………」

「だから、申し訳ありません。森本和羅《もりもとかずら》先生のことは諦《あきら》めて下さい。あの方は、私との婚約《こんやく》を承諾《しょうだく》しました。そういう契約《けいやく》の許《もと》で、陽明《ようめい》学園初等部ポーカークラブを任されたのです」

「和羅《かずら》先生は、承諾《しょうだく》した……？」

「はい。少なくともあの方自身は、私との結婚《けっこん》に不服を唱えていません。だから、巴《ともえ》。ごめんなさい。貴方《あなた》は、諦《あきら》めて下さい。私は二階堂《にかいどう》家に近付くことを、誰《だれ》にも推奨《すいしょう》しません」

END

あとがき

ただ今戻《もど》りました！

と、言いたくなるほどご無沙汰《ぶさた》してしまいましたね。忘れられてないか心配ですがてぃんくる先生のイラストが恒常《こうじょう》の神なのである意味忘れられていても問題ないですね。実際はじめて僕《ぼく》の本を手に取って下さった方もいると思うのであえて言います。

はじめましての人にははじめまして、蒼山《あおやま》サグです！

いやはや今年最初のリリースですよ。なんか元号変わっちゃってますよ。元号変わっちゃって年《とし》の瀬《せ》ですよ。いったいどこに消えた僕《ぼく》の二〇一九年。

実際何をしていたかといいますと、年初は徹底的《てっていてき》に仕事をサボっておりました。自主活動休止です。デビューして十年、猪突猛進《ちょとつもうしん》にライトノベル業と向き合ってきたわけですが、『天使《てんし》の3P《スリーピース》！』メディアミックスがひと段落した頃《ころ》から何ともいえぬ疲《つか》れというか、情熱の枯渇《こかつ》みたいなモノを感じつつあって、これはいかんぞと。

休みが必要だ。大好きなミュージシャンもそう歌っておりましたので、誰《だれ》にも何も言わずこれでもかというほど緩《ゆる》み呆《ほう》けておりました。

結果、戻《もど》りましたよ！　体重が！　せっかく減量した分ぜんぶチャラに！　慌《あわ》ててダイエット再開したけど全然やせないよ！　アラフォーこわ！

まあ、そっちはどうでもいい（個人としてはよくないんですが）。ライトノベル作家として、自堕落《じだらく》な活動休止に意味があったのか。

安心して下さい。ありました。今回のこのお話、書くのが本当に楽しかったです。『ロウきゅーぶ！』書いてた頃《ころ》の自分を思い出した感覚です。本当にピュアな気持ちで、丁寧《ていねい》に、骨の髄《ずい》を煮詰《につ》めるように凝縮《ぎょうしゅく》した一冊をお届けすることができたと自負しております。

長らくお待たせしたことを、許して頂ける仕上がりになっている……ことを祈《いの》るばかり。皆《みな》さんにとってもこの一冊が、日々の疲《つか》れや鬱憤《うっぷん》をいっときでも忘れさせるようなエンタメ旅行の入り口となりますように。

そうそう、急に話は飛びますが。作中にチラッと書いた、ブラックジャックの必勝法、知りたい方もいるかもしれませんので教えてあげます。

結論を先に。カードカウンティングという技《わざ》を使います。海外カジノのブラックジャックでは4～5組くらいのトランプをシャッフルしてゲームを行うわけですが、前半は何のカードが出たかを記憶《きおく》しておくことに専念するわけです。そして、後半に残っているカードが自分に有利な状態になっていたらいざ勝負。

ブラックジャックのルール説明は割愛《かつあい》しますが、前半に出目が偏《かたよ》った場合、後半の出目も必ず偏《かたよ》ります。そこを狙《ねら》い撃《う》って後半に荒稼《あらかせ》ぎを仕掛《しか》けるわけです。丁半博打《ちょうはんばくち》ではなく、勝率が50%を超《こ》えた状況《じょうきょう》になりますので、やればやるほど長期的な勝利が約束されます。

ただし問題点がみっつ。

ひとつ。カウントにスマホなどは使えません。カジノ側が機器の持《も》ち込《こ》みを禁じていますので記《き》憶《おく》に使えるのは自分の脳みそだけです。

ふたつ。カウントしたところで自分に有利な状況《じょうきょう》が生まれない可能性もあります。前半の方に有利なカードが出まくってしまったら後半勝負には挑《いど》めません。とはいえ、前半偏《かたよ》ったということは既《すで》にある程度の利益が出ているはずなので、その場合大勝負は諦《あきら》めさっさと退散してしまいましょう。

みっつ。カウンティングができる輩《やから》だとバレるとカジノから出禁になるそうです。出禁の理由を尋《たず》ねる余地もなく、問答無用でマッチョに肩《かた》ポンされるらしいです（伝聞）。カウンティングで荒稼《あらかせ》ぎできるのはひとつのカジノで一回こっきりと考えた方が現実的でしょう。

それでも良《い》いから一攫千金《いっかくせんきん》を狙《ねら》ってみたい、という方は記《き》憶力《おくりょく》をマックスまで鍛《きた》えて試《ため》してみるのも一興でしょう。アラフォーの脂肪脳《しぼうのう》ではもはやそんな気力も精神力も、ついでに体力もないので若き才能にお任せしますが。

世の中そうそううまい話などないという教訓になれば幸いです。閑話《かんわ》休題《きゅうだい》。

改めましてこの本をお手にとって下さった皆さま、本当にありがとうございます。

とりあえずあとがきだけ読んでみたという方、ブラックジャックの話に波長が合ったらぜひ本編もよろしくお願いいいたします。

波長が合わなかった方もご心配なく。『蒼山《あおやま》サグ小学生三部作』、という謳《うた》い文句《もんく》に偽《いつわ》りはありません。ちゃんと通常以上に通常営業、いろんな意味で通常営業しておりますのでぜひ本編の方もお試《ため》し下さいませ。

紙面も残り少なくなってきました。たいへん名残惜《なごりお》しいですが今巻はこの辺で筆を置きたいと思います。

書いていて本当に楽しかったので続きをぜひ出したいのですが、全身全霊《ぜんしんぜんれい》を込《こ》めて面白《おもしろ》さを追求したため、今はもう脳みそにアイデアが欠片《かけら》も残ってません。どうなるんですかねこのお話、この後。

なんてことを書くと、おいおいまた活動休止かと心配させてしまいますかね。否《いな》、大丈夫《だいじょうぶ》です。アイデアはいったん使い果たしたけれども気力なら充実《じゅうじつ》してますので脂肪脳《しぼうのう》を振《ふ》り絞《しぼ》って物語を構想します。その他の脂肪《しぼう》も振《ふ》り絞《しぼ》って体重も減らします（切実）。

なるべく早くまたお目にかかれるよう、自分自身願っております。

それでは重ね重ね、読者様、この本に携《たずさ》わって下さった全ての方々にお礼申し上げます！

来年は最低三冊くらい本出したいですね〜。がんばります。

二〇一九年吉日《きちじつ》　蒼山《あおやま》サグ

◉蒼山サグ著作リスト

「ロウきゅーぶ！」（電撃文庫）
「ロウきゅーぶ！②」（同）
「ロウきゅーぶ！③」（同）
「ロウきゅーぶ！④」（同）
「ロウきゅーぶ！⑤」（同）
「ロウきゅーぶ！⑥」（同）
「ロウきゅーぶ！⑦」（同）
「ロウきゅーぶ！⑧」（同）
「ロウきゅーぶ！⑨」（同）
「ロウきゅーぶ！⑩」（同）
「ロウきゅーぶ！⑪」（同）
「ロウきゅーぶ！⑫」（同）

「ロウきゅーぶ！⑬」（同）
「ロウきゅーぶ！⑭」（同）
「ロウきゅーぶ！⑮」（同）
「天使の３Ｐ《スリーピース》！」（同）
「天使の３Ｐ《スリーピース》！×２」（同）
「天使の３Ｐ《スリーピース》！×３」（同）
「天使の３Ｐ《スリーピース》！×４」（同）
「天使の３Ｐ《スリーピース》！×５」（同）
「天使の３Ｐ《スリーピース》！×６」（同）
「天使の３Ｐ《スリーピース》！×７」（同）
「天使の３Ｐ《スリーピース》！×８」（同）
「天使の３Ｐ《スリーピース》！×９」（同）
「天使の３Ｐ《スリーピース》！×10」（同）
「天使の３Ｐ《スリーピース》！×11」（同）
「ステージ・オブ・ザ・グラウンド」（同）
「ゴスロリ卓球《ピンポン》」（同）
「ゴスロリ卓球《ピンポン》２」（同）
「ぽけっと・えーす！」（同）

本書に対するご意見、ご感想をお寄せください。

ファンレターあて先
〒102-8584　東京都千代田区富士見1-8-19
電撃文庫編集部
「蒼山サグ先生」係
「てぃんくる先生」係

本書は書き下ろしです。

電撃文庫

ぽけっと・えーすǃ

蒼山《あおやま》サグ

2019年11月9日　初版発行

発行者　郡司 聡
発行　株式会社KADOKAWA
〒102-8177　東京都千代田区富士見2-13-3
0570-06-4008（ナビダイヤル）
装丁者　荻窪裕司（META＋MANIERA）
印刷　旭印刷株式会社
製本　旭印刷株式会社

ISBN978-4-04-912663-1　C0193　Printed in Japan

電撃文庫　https://dengekibunko.jp/

電撃文庫創刊に際して

文庫は、我が国にとどまらず、世界の書籍の流れのなかで〝小さな巨人〟としての地位を築いてきた。古今東西の名著を、廉価で手に入りやすい形で提供してきたからこそ、人は文庫を自分の師として、また青春の想い出として、語りついできたのである。

その源を、文化的にはドイツのレクラム文庫に求めるにせよ、規模の上でイギリスのペンギンブックスに求めるにせよ、いま文庫は知識人の層の多様化に従って、ますますその意義を大きくしていると言ってよい。

文庫出版の意味するものは、激動の現代のみならず将来にわたって、大きくなることはあっても、小さくなることはないだろう。

「電撃文庫」は、そのように多様化した対象に応え、歴史に耐えうる作品を収録するのはもちろん、新しい世紀を迎えるにあたって、既成の枠をこえる新鮮で強烈なアイ・オープナーたりたい。

その特異さ故に、この存在は、かつて文庫がはじめて出版世界に登場したときと、同じ戸惑いを読書人に与えるかもしれない。

しかし、〈Changing Times,Changing Publishing〉時代は変わって、出版も変わる。時を重ねるなかで、精神の糧として、心の一隅を占めるものとして、次なる文化の担い手の若者たちに確かな評価を得られると信じて、ここに「電撃文庫」を出版する。

1993年6月10日
角川歴彦

電撃文庫DIGEST　11月の新刊

発売日2019年11月9日

エロマンガ先生⑫
山田エルフちゃん逆転勝利の巻

【著】伏見つかさ　【イラスト】かんざきひろ

「待たせたわね、ここで主役の登場よ!」
兄妹の元に乗り込んできたエルフは、ここから逆転勝利してみせると宣言する。その秘策とは——!?山田エルフに振り回されるシリーズ第12巻!

三角の距離は限りないゼロ4

【著】岬 鷺宮　【イラスト】Hiten

彼は、変わってしまった。揺れる想いをよそに始まる修学旅行で、秋玻と春珂は恋を失い変貌してしまった「彼」を取り戻そうと動き出す——たとえ、私たちが恋人でなくても。今一番愛しく切ない、三角関係恋物語。

勇者のセガレ4

【著】和ヶ原聡司　【イラスト】029

異世界アンテ・ランデでディアナと再会を果たした康雄と翔子。翔子に取り憑いたシィを分離するため、一行は旅を続けることに。そんな中、気づけば康雄の名は『聖者ヤスオ』として独り歩きし始めていて——?

異世界帰りの俺（チートスキル保持）、ジャンル違いな超常バトルに巻き込まれたけれどワンパンで片付けて無事青春をおくりたい。2

【著】真代屋秀晃　【イラスト】葉山えいし

青春を謳歌しようとする異世界帰りの武流。異能力者その他諸々の戦いに巻き込まれるも、ワンパンで勝負を決めて日常に帰還した……はずだった。だが次々と現れるイロモノ超人達。探偵?宇宙人?はたまた魔法少女!?

シャドウ・サーガⅡ
—聖剣エクスカリバー—

【著】西村 西　【イラスト】パセリ

アーサー王物語の世界に召喚された来人。悲劇を回避するため自らの知識を使って奮闘するが、物語通り反逆者との戦いが生じてしまう。運命に抗うため来人達は聖剣エクスカリバーと新たな仲間を求めて旅に出るが……。

新作　地獄に祈れ。天に堕ちろ。

【著】九岡 望　【イラスト】東西

ミソギ、死者。犯罪亡者を狩り、地獄へ送る荒事屋のシスコン（妹）。アッシュ、神父。死者を嫌い、愛銃で殲滅しまくる教会の最終兵器。シスコン（姉）。 かみ合わない二人が亡者の街で出会うとき、事件は起こる!?

新作　ぽけっと・えーす!

【著】蒼山サグ　【イラスト】てぃんくる

初等教育にカジノゲームが導入された時代。森本和羅はプロ育成のため、陽明学園初等部のポーカークラブ顧問を務めることに。そんな彼の元にやってきたのは、純粋無垢な小学生のお嬢様で——!?

新作　ぼくの妹は息をしている（仮）

【著】鹿路けりま　【イラスト】せんちゃ

「人を殺す小説を書きてえなあ」ぼくは常々そう思っていたが、ついに、この自動物語生成システムで可能となった。どんな小説かと期待したぼくに手渡されたのは、主人公の自分と妹による、萌え萌えライトノベルだった。

新作　いつかここにいた貴方のために／ずっとそこにいる貴方のために

【著】西塔 鼎　【イラスト】Enji

これはある愚かな少年と、一人の少女のお話——終わらぬ戦争の中、「不死身」と呼ばれる少年兵レンカは、雪をまとって現れた最終兵器の少女と出会う。それが、二人の報われぬ恋の始まりだった……。

シノゴノ言わずに私に甘えていればいいーの！

旭 蓑雄

なたーしゃ

家に帰れば、君がいる。
忙しすぎる貴方を癒やす、
押しかけ甘々コメディ。

お隣のシノさんは、なぜだかワーカホリックな俺の世話を焼こうとしてくる。温かくて美味しいごはんの用意に、汚れ一つ見逃さない掃除洗濯。あまつさえ、膝枕に添い寝まで……。

「家で仕事なんてしちゃ駄〜目。拓務は何もしなくていいの！ 私にだらしなく甘えて快楽を貪っていればいいんだから」

仕事がしたい俺にとっては厄介者でしかなかった。だけど最近、シノさんの待つアパートに帰ることを、どこか楽しみにしている自分もいて……。

電撃文庫

全力じゃなきゃ始まらない、
復活をかけた野球少年たちの夏!!
横すべりな人生……挫折した青春……。
でもやっぱもう一度あそこで輝きたい。
日々腐っていた幸斗たちのもとに
『幻のエース』が帰還。
復活をかけた夏が始まる。
ステージ・オブ・ザ・グラウンド
STAGE of the GROUND
蒼山サグ　イラスト／ひのた
電撃文庫

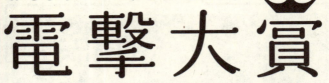